KB012404

기후마법의 올바른 사용법 ②
~비의 남자는 채소를 키우고 싶어~
쿠로카타
KUROKATA

등장인물 소개
노아
리온

하루마
케빈
후우로

“지금 말해 두지.
나는 사실 이곳에
오고 싶지 않았어—.”
밀리아

기후마법의 올바른 사용법

~비의 남자는 채소를 키우고 싶어~

저자 쿠로카타

일러스트 Falmaro

CONTENTS

제1화 오랜만에 휴식을

나, 아마미야 하루마의 인생에는 늘 비가 따라다녔다.

감정이 격해지면 비를 내리는 체질.

「비의 남자」라고 불리면서도 어떻게든 샐러리맨으로 일하던 내 인생은 어느 날 갑자기 변하게 되었다.

비를 내리는 내 능력―『기후마법』을 가지고 있었기에, 지금껏 살던 세계에서 쫓겨나 이세계로 전이된 것이다.

나는 새로운 세계에서 다양한 사람과 만나며, 부모님처럼 채소를 키우기로 결심했다.

그렇게 키우기로 한 작물의 이름은 비채소. 마력을 띤 다량의 비가 내리는 환경에서만 키울 수 있는 신기한 채소로, 그 말은 즉 우천 기후마법을 가진 나만이 키울 수 있다는 뜻이다.

뭐, 평소에 운동도 안 하는 서른 살 남자인 내가 갑자기 농사를 시작하기는 어려워서, 처음에는 고생의 연속이었다.

그래도 주위 사람들의 도움으로 무사히 수확까지 도달할 수 있었다.

수확한 채소― 비양배추는 이 세계로 날려진 나를 구해 준 소녀, 리온이 캐비지롤로 조리해 줘서 먹기도 하고, 마을 사람들에게 나눠 줬다.

솔직히 다들 기뻐해 줘서 다행이었다.

처음에는 외지인이라며 나를 경계했지만, 진지하게 밭을 대하는 내 모습을 본 마을 사람들과 교류하면서 조금씩 친해질 수 있었다.

그리고 남은 비양배추 일부는 왕국에 증정하게 되었다.

어떤 반응이 돌아올지 불안하기도 하지만, 그와 비슷한 수준으로 내가 키운 비채소가 어떤 평가를 받을지 살짝 설레기도 했다.

역시 이왕 키운 거, 맛있다고 여겼으면 좋겠으니까.

***

"간만의 휴식이네."

비양배추가 실린 왕국행 마차를 배웅한 후 다시 힘을 내서 밭일을 하려고 했으나, 주변 사람들이 말려서 한동안 쉬게 되었다.

『하루마, 쉬지 않고 작업하는 건 안 돼.』

『몸이 망가지면 아무 소용도 없어. 이런 때만큼은 쉬어.』

설마 리온뿐만 아니라 노아도 이렇게 필사적으로 말릴 줄은 몰랐기에 조금 놀랐다.

밭을 넓히거나 비양배추를 수확하고 난 땅을 정리하고 싶었지만, 나를 걱정해서 하는 말들이니 얌전히 따르기로 하자.

쉬는 동안 나는 지금까지 소홀히 했던 이 세계의 문자를 공부하면서 에릭 씨에게 받은 책 『비채소의 극의』를 읽었다.

"그래그래, 비수박에 비오이, 비토마토. 맨 처음에는 밭 전체에 비양배추를 재배했지만, 이번에는 구획을 나눠서 다른 채소를 키워 보는 것도 좋겠어."

밭과 인접한 오두막에서 의자에 앉아 책을 탐독했다.

혼자 살면 혼잣말이 많아지거나 아니면 말이 없어지는데, 나는 전자였다. 혼자 있으면 자연스럽게 소리 내어 생각을 중얼거리는 버릇이 생겨 버렸다.

"그러려면 이런저런 도구가 필요해."

새로운 비채소를 키우려면 살짝 수고가 들 것 같다.

기온을 높게 유지하기 위한 비닐하우스까지 필요하지는 않지만, 토마토 줄기를 지지할 막대나 오이 덩굴을 감을 그물망, 수박 덩굴이 뻗을 볏짚 등 각 작물에 필요한 것이 있었다.

그것들을 어떻게 할지 생각하고 있으니 갑자기 누가 오두막 문을 두드렸다.

"누구지?"

소중한 책을 서랍에 넣고 문을 열었다.

그곳에 예쁜 회색 머리카락이 눈에 띄는 소녀, 리온이 있었다.

리온은 나를 빤히 보더니 안심한 듯 가슴을 쓸어내렸다.

"확실하게 쉬고 있구나, 하루마."

"이, 일부러 확인하러 온 거야……?"

"그야 하루마는 내버려 두면 괭이를 들고 밖에 나가려고 하니까."

이봐, 나는 그렇게까지 밭일에 중독되진 않았어.

"아무리 내가 밭일을 좋아한다지만 쉬라고 하면 쉬어."

"하루마가 무리하는 건 예삿일이니까 영 믿을 수 없어. 눈앞의 즐거움에 빠져서 멈추지 못하는 어린애 같아."

유, 유난히 구체적이네.

게다가 미묘하게 내 심정을 알아차리고 있어서 심장이 쿵 뛰었다.

물론 설레서 두근거린 것이 아니라 놀라서 뜨끔한 것이었다.

리온의 말에 어색하게 웃고 있으니 새로운 손님이 밝은 목소리와 함께 들어왔다.

"나 왔어~ 하루마~ 당신 제대로 쉬고 있…… 응? 리온, 너도 왔구나."

그렇게 얼굴을 내민 사람은 이 땅을 다스리는 귀족인 랑그롱 가문의 딸, 노아였다.

"응. 노아도 하루마가 쉬고 있는지 확인하러 왔어?"

"맞아, 혹시 너도?"

리온이 고개를 끄덕이자 노아는 재미있어하며 웃었다.

"역시 결국 확인하러 오게 되네. 하루마는 아무렇지도 않게 무리하고, 그게 고되다고 여겨도 그만두지 않는걸."

어째서 열 살도 더 어린 소녀들이 엄마처럼 나를 걱정하는 걸까.

예전에 상경해서 일하기 시작했을 때도 너무 무리하지 말라며 어머니가 걱정했었지만…… 아니, 이 세계에 오기 전에도 가~끔 그런 말을 들었지만.

혹시 나는 내버려 두면 과로로 죽을 것 같나?

내가 무슨 잠잘 때도 헤엄친다는 참치인가?

"잠깐, 잠깐, 나는 비양배추를 키울 때도 두 사람이 생각하는 것만큼 무리하지 않았어."

""뭐……?""

"이상한 사람을 보는 듯한 눈으로 쳐다보지 마. 서른 살 「오빠」는 견디기 힘드니까."

"하루마는 오빠라고 할 만한 나이가 아닌데?"

리온의 말이 가슴에 푹 박혔으나 어떻게든 평정심을 유지했다.

그런 내게 노아가 어린아이를 타이르는 어조로 말했다.

"잘 들어, 하루마. 예전부터 말하려고 했는데, 옆에서 보기에 당신은 충분히 과로하고 있어."

"그저 밭을 보고 있을 뿐이야."

"기후마법으로 만든 비를 유지하고, 그 비를 계속 맞으면서 몇 시간이고 비양배추를 돌보는 게 『그저 밭을 보고 있는』 거라면, 그럴지도 모르지."

"……."

어라? 냉정하게 생각해 보니 꽤 무리했던 것 같다?

맨 처음 페이스에 너무 익숙해져서 감각이 마비됐던 걸지도 모른다.

"게다가 수확할 때는 기합이 팍 들어가서 우리보다 몇 배는 무거운 비양배추를 마차에 싣기도 했잖아. 그 이튿날에는 비양배추를 실은 수레를 끌고 마을을 돌며 나눠 줬고."

"……확실히 그 수레는 무거웠지."

노아의 말을 듣고 겨우 자각했지만, 나는 조금 과하게 무리했던 걸지도 모르겠다.

원래 세계에서 뼈 빠지게 일했던 노예근성이 다 없어지지 않았는지, 아니면 원래 다니던 회사에서 건 중노동 최면이 풀리지 않아서 힘든 작업을 보람이라고 인식해서 그런 건지.

그렇게 생각하니 리온과 노아의 걱정이 매우 고마웠다.

"눈이 번쩍 뜨였어. 나는…… 조금 조급하게 굴었던 걸지도 몰라."

"그렇지. 비양배추 수확이라는 하나의 목표를 달성해서 다음 일을 하고 싶은 건 이해하지만, 몸이 망가지면 아무 소용도 없어."

그것도 그렇다.

노아의 말에 고개를 끄덕이자 리온이 문득 생각났는지 들고 있던 바구니를 내게 보여 줬다.

"아, 점심밥 가져왔어. 괜찮으면 노아도 먹어."

"고마워. 마침 배고팠어."

"그럼 여기 말고 밖에서 먹을까."

셋이서 오두막 밖으로 나가자 비늑대 후우로가 내 발치로 다가왔다.

"오, 비 내려줘?"

"멍!"

"옳지, 착하다."

쭈그려 앉아 후우로의 머리를 쓰다듬으며 기후마법으로 반대편 손에 비구름을 만들어 근처에 띄웠다.

기뻐하며 한 번 짖은 후우로는 비가 내리는 작은 비구름 아래로 들어가 물놀이를 시작했다.

그 모습을 지켜보며 우리는 근처 잔디에 앉아 조금 이른 점심을 먹기로 했다.

“오, 샌드위치구나.”

“햄과 비양배추에 가볍게 간을 하고 빵에 끼워 봤어.”

“맛있겠다. 그럼 잘 먹겠습니다!”

집어 든 샌드위치를 한 입 먹었다.

나도 모르게 얼굴이 헤벌쭉 풀어지려는 것을 참으며 잘 씹어서 삼켰다.

“이런 날도 가끔은 좋네.”

밭일에서 보람을 찾았고 채소를 키우는 것도 즐겁지만, 가끔은 작업과 일에 쫓기지 않는…… 그런 온화한 날도 괜찮다는 생각이 들었다.

제2화 잔사물 처리와 새로운 목표

왕국이 비양배추에 어떻게 반응할지 기다리는 동안 내가 할 수 있는 작업은 한정적이었다.

기세를 몰아 진행할 수 있다면 이대로 다음 비채소 재배를 시작하고 싶지만, 그렇게 간단한 일이 아니었다.

나는 노아와 함께 비양배추를 수확하고 난 밭 앞에 서 있었다.

"역시 수확하고 난 밭을 보면 기분이 좀 쓸쓸해져. 있어야 할 게 없어졌다는 느낌이 들어."

"그러게."

농부 같은 노아의 언동에 익숙해진 나는 대부분 바깥 잎과 밑동만 남은 비양배추 속에서 일부 수확되지 않은 장소로 가 쭈그려 앉았다.

"여기 있는 녀석들은 물을 주면서 꽃이 필 때까지 내버려 둘까."

"그렇지. 근데 꼬투리가 생긴 뒤에도 물을 줘?"

"아니, 거기서부터는 평범한 양배추랑 똑같아. 비를 멈추고 그대로 시들게 해서 마른 꼬투리를 회수하면 돼."

씨앗 수확법은 『비채소의 극의』에도 기재되어 있었다.

오히려 평범한 양배추보다 더 빨리 씨앗 꼬투리를 회수할 수 있어서 이 부분은 손쉬웠다.

"그런 다음에는 2주 정도 물기 없는 곳에서 말리지?"

"……마, 맞아."

이, 이 아이는 얼마나 채소 지식이 풍부한 거야?

시들게 한 꼬투리를 회수했다고 바로 씨앗을 꺼낼 수 있는 것은 아니다. 완전히 물기를 없애기 위해 2주 정도 말려야 했다.

노아의 박식함에 새삼 놀라며 일어났다.

"그동안 우리는 다른 일을 할까."

"그렇지. 시간이 아까운걸."

"할 일은 아주 많지만……."

지금 해야만 하는 작업은 두 개다.

첫 번째는 비양배추를 수확하고 남은 바깥 잎과 밑동— 이른바 「잔사물」 처리.

이 잔사물은 빨리 없애지 않으면 벌레나 질병 등이 흙에 남아서 최우선으로 처리해야 했다.

그리고 두 번째는 그 잔사물을 처분할 구덩이를 파는 것.

"사실은 이 잔사물도 유용하게 쓰고 싶지만…… 현 단계로는 힘들단 말이지."

"다른 밭도 수확 시기라서 마을 사람들에게 도와달라고 할 수도 없고 말이야."

필요한 도구와 시간이 있다면 퇴비나 물거름 만들기에 도전할 수 있었겠지만, 이번에는 포기할 수밖에 없다.

"우선은 잔사물을 처리하기 위한 구덩이를 파자. 이걸 제대로 안

하면 이 밭은 당분간 쓸 수 없으니까.”

“마을 사람들은 밭 변두리에 큰 구덩이를 파서 묻던데, 하루마도 그럴 거야?”

“응…… 그럴 수밖에 없겠지.”

여기서 채소를 키우는 사람들과 비교하면 내 밭의 잔사물은 그렇게 많은 편이 아니겠지만, 쉬운 일은 아니다.

게다가 묻으려면 수고를 들여서 그런대로 깊은 구덩이를 파야 한다.

“어쨌든 지금은 비를 내려서 시들지 않게 하고……. 우선 구덩이를 팔까.”

노아와 함께 오두막 뒤편에 있던 삽을 들고 구덩이를 파기 적절한 장소를 찾으러 갔다.

가능하다면 밭에서 그리 멀지 않은 곳이 좋기에 주변을 둘러보았다.

“아, 그러고 보니 아버지가 말을 전해 달라고 했어.”

“어? 랑그롱 씨가?”

갑자기 생각났다는 듯 노아가 그런 말을 꺼냈다.

“비양배추, 말로 표현할 수 없을 만큼 맛있었대. 사실은 당신한테 직접 말하고 싶었던 모양이지만 여러 가지로 바빠져서 대신 전해 달랬어.”

“그렇구나. 기뻐해 주셔서 다행이야……. 정말로.”

비양배추의 맛을 의심하지는 않았지만, 혹시 입에 안 맞으면 어쩌나 걱정했었다.

그랬기에 맛있다는 말을 들으니 솔직히 기뻤다.

"노아와 랑그롱 씨는 비양배추를 어떻게 먹었어?"

"응? 평범하게 샐러드로 먹었어. 그 밖에 수프로도 먹고, 풍미 있게 비양배추를 구워서 스테이크로 먹기도 했지. 전부 다 아주 맛있었어."

비양배추 스테이크……?!

상상도 안 가지만 왠지 근사하다.

"하루마는 역시 리온이 만들어 줬어?"

"그렇지. 나는 요리가 완전 꽝이니까 리온에게 만들어 달라고 하길 잘했어."

요리책 같은 걸 보면서 만들 수는 있지만, 뭘 넣을 때마다 그램을 재야 하고, 큰 숟갈 작은 숟갈로 얼마나 넣어야 하는지도 몰라서 혼란에 빠져 버린다.

결과적으로 요리는 완성되지만, 먹을 만은 한데 특별히 맛있지도 않은 미묘한 완성도가 된다.

"예전에 내가 살던 세계의 요리를 살짝 얘기했는데 리온이 그걸 만들어 줬거든. 나도 모르게 울어 버릴 뻔했어."

"하루마가 살던 세계의 요리? 어떤 건데?"

"캐비지롤이라고, 고기를 양배추로 싸서 수프에 넣고 푹 끓인 요리야."

"흐응, 뭔가 맛있을 것 같아. 어떻게 만들었는지 다음에 리온한테 가르쳐 달라고 해야겠다."

"그래. 나도 추천해."

그 황홀한 맛을 노아도 꼭 알았으면 좋겠다.

거기서 대화가 끊기고 한동안 밭 주변을 산책했다.

평소와 다름없는 온화한 시간.

하지만 그런 특별하지 않은 시간조차 내게는 무척 그립게 느껴졌다.

"마을 사람들도 당신이 노력하는 모습을 봐서 이제 위험한 외지인이라고 생각 안 해."

감개에 빠져 있으니 노아가 무슨 생각을 했는지 그런 말을 꺼냈다.

내가 그렇게 생각에 잠긴 표정을 짓고 있었나?

자신의 뺨에 손을 얹어보고, 노아에게 물었다.

"갑자기 뭐야?"

"당신이 노력하는 모습을, 보는 사람은 제대로 보고 있다는 이야기야. 그저 그 말은 해 두려고."

쑥스러워하며 그렇게 말하는 노아를 보고 얼떨떨해졌다.

정말로 나는 노아에게 걱정만 끼쳤구나. 이래서야 누가 어른인지 모르겠다.

"하하하. 하지만 다들 아직 나를 괴짜라고는 생각하지?"

"후후, 그렇지. 그 인식은 뒤집을 수 없을지도 몰라."

「비내리군소」라는 별명은 여전히 계속될 것 같다.

하지만 「비의 남자」보다는 훨씬 낫다는 생각이 들었다.

"아, 하루마, 이 주변 괜찮지 않아?"

"응?"

노아의 말을 듣고 그쪽을 보았다.

노아가 삽을 꽂은 곳은 에릭 씨가 내게 준 밭용 토지와 숲 사이에 있는 장소였는데, 충분히 구덩이를 팔 수 있을 만큼 넓었다.

"오, 여기라면 괜찮겠어."

"나무뿌리가 걸리적거리지도 않을 것 같고. 그렇지, 역시 나는 대단해."

자신만만한 모습으로 고개를 끄덕이는 노아를 보고 쓰게 웃으며, 구덩이를 얼마나 크게 팔지 삽 끝으로 대충 정했다.

세로 1미터, 가로 2미터쯤 되는 직사각형을 그렸다.

"대략 이 정도면 되나?"

"그 정도가 딱 좋을 거야. 너무 크면 사람이 빠질 수 있어서 위험하니까. 부족하면 하나 더 파면 되고."

좋아, 그럼 이 크기로 작업을 진행해 보자.

오늘이나 내일 중으로 잔사물을 처리하면 다른 작업도 진행하기 쉬워진다.

허리에 부담이 가지 않도록 조심하면서 작업에 착수하자.

"……윽, 영, 차!"

흙을 가득 푼 삽을 들어 구덩이 옆에 쌓인 흙더미로 던졌다.

그걸 수없이 반복하고 있지만 작업은 여전히 끝나지 않았다.

밭을 갈아엎는 작업은 익숙해졌으나, 구덩이를 파는 건 힘들었다.

팔에 전기가 흐르는 듯한 착각을 느끼며 나는 필사적으로 삽질

했다.

“하루마~ 힘들겠지만 아직 더 해야 해~!”

옆에서는 귀족 아가씨가 흙더미를 척척 만들고 있었다.

그러고 보니 노아는 태연한 얼굴로 비양배추가 든 바구니를 옮겼었지.

어쩌면 나보다 힘이 셀 가능성도……?

아, 아니, 생각하지 말자. 이 이상은 내 정신에도 좋지 않다. 젊음이란 강하다고 납득하자.

“조금만 더 힘내면 돼……!”

그렇게 자신을 타이르며 작업을 계속하니 마침내 딱 좋은 깊이의 구덩이가 만들어졌다.

약 1미터 깊이의 구덩이가 두 개.

그 앞에서 나는 목에 건 수건으로 땀을 닦으며 지면에 주저앉았다.

“후우, 상당한 중노동이었어.”

“하지만 아직 할 일은 남았어.”

“아, 알고 있어. 하지만 조금만 쉬게 해 줘.”

“응, 그렇지. 나도 조금 지쳤어.”

처음 여기 왔을 때보다 체력이 붙기는 했지만, 쉬지 않고 구덩이를 계속 파는 건 역시 힘들었다.

흙이 묻어 손이 더러워졌기에, 기후마법으로 작은 비구름을 두 개 만들고 하나를 노아에게 보냈다.

“자, 이걸로 손 씻어.”

"응, 고마워."

손바닥에 쏟아지는 차가운 비가 기분 좋았다.

자유롭게 비를 내릴 수 있는 건 이럴 때 좋단 말이지. 이것도 기후마법의 장점 중 하나다.

"하루마, 노아, 둘 다 뭐 해?"

"멍!"

"오오, 리온."

기후마법으로 만든 비로 더위를 식히며 잠시 쉬고 있으니 리온이 후우로와 함께 우리를 보러 왔다.

"수확하고 남은 비양배추의 바깥 잎을 처분할 구덩이를 팠어. 구덩이는 다 팠으니 이제 밭에서 잎을 뽑아야지."

"흐응~."

내 설명을 들은 리온이 밭으로 시선을 돌렸다.

"조금 아깝다."

"그렇지. 하지만 지금은 저걸 효과적으로 활용할 준비가 안 되어 있으니까 어쩔 수 없어."

퇴비나 물거름을 만들면 좋겠지만, 그저 방치해서 썩히면 악취의 원인이 되니 그건 피하고 싶다.

"하지만 다음 작물은 더 잘 활용하고 싶어."

"응, 하루마가 그렇게 말한다면 괜찮을 거야."

본래 비채소는 비료가 필요하지 않은 특수한 작물이지만, 그렇다고 해서 비료를 안 만들어도 되는 것은 아니다. 오히려 누구도 시도하지 않은 일에 도전하여 비채소의 새로운 재배법을 발견할 수 있을지도 모르니 해 볼 가치는 충분했다.

"나도 그저 비양배추를 재배했다고 어엿한 농부가 됐다고는 생각 안 해. 이 나이가 돼서도 아직 배울 게 많아."

나는 아직 초보 농부의 영역을 벗어나지 못한 미숙자다.

그렇기에 앞으로 많이 배워 나가야 했다.

"그러기 위해 조금 더 힘내 볼까……!"

천천히 심호흡하고 등을 쭉 편 나는 노아에게 말했다.

"슬슬 휴식을 끝내고 밭에서 잔사물을 뽑자."

"알겠어. 자~ 조금만 더 힘내자!"

"멍!"

"어머, 후우로도 도와주려고? 그럼 같이 갈까."

기운차게 노아 주위를 뛰어다니는 후우로를 흐뭇하게 보고 있으니, 리온이 내 어깨를 두드렸다.

"응? 왜?"

"나도 도울게."

"……! 그래, 잘 부탁해."

리온의 말에 고개를 끄덕이고 다 같이 밭으로 향했다.

지금까지는 책을 읽으며 우리가 작업하는 모습을 보기만 했던 리온이 스스로 돕겠다고 말했다.

이 아이도 새로운 한 걸음을 내디딘 걸까?

조금 기쁘게 여기며 비양배추를 수확하고 난 밭 앞에 섰다.

우선 노아……는 괜찮을 테니, 리온에게 잔사물을 뽑을 때 조심할 점을 알려 주자.

"되도록 뿌리가 남지 않도록 뽑아야 해. 그리고 너무 세게 뽑으려고 하면 미끄덩 꽈당 하니까 조심해."

""미끄덩 꽈당?""

두 사람이 이상하다는 듯 고개를 갸웃하는 것을 보고 아차 싶었다.

이쪽 세계에서는 이런 말이 안 통하나.

내 심정을 헤아렸는지 노아와 리온은 미안하다는 표정을 지었다.

"하루마, 미안. 방금 웃어야 하는 거였지?"

"의미 모를 우스갯소리는 곤란해."

"윽, 미끄러져서 넘어지지 않게 조심하라는 거야!"

오늘 배운 교훈, 첫 번째.

무리해서 너스레를 떨면 반대로 호된 꼴을 당한다.

"후후, 밭에서 미끄러져 넘어지다니 말도 안 되지. 나를 누구라고 생각하는 거야?"

아니, 귀족이죠?

"노아는 익숙하니까 안 넘어지겠지."

"물론이야."

자신만만하게 단언한 노아가 리온과 함께 웃었다.

확실히 이 아이가 밭에서 실수하는 모습은 전혀 상상이 안 간다.

나는 다시 마음을 다잡고 설명을 계속했다.

"그리고 일부러 수확하지 않은 비양배추를 잘못해서 뽑지 말 것.

뽑은 잔사물은 일단 밭 변두리에 쌓아 둘 것. 그것만 조심하면 돼."

"응, 알겠어."

"좋아. 그럼 시작할까. 기운차게 일해 보자!"

""오~!""

"멍!"

***

혼자서 하려면 시간이 걸렸을 작업도 셋이서 하니 수월했다.

씨앗을 만들기 위해 남겨 둔 비양배추가 있는 곳으로만 비구름 범위를 좁힌 나는 제일 가까이 있는 잔사물의 밑동을 손으로 감쌌다.

"으음, 바깥 잎을 젖히고 흙 근처에 있는 줄기를 양손으로 잡아서…… 뽑는다."

지금까지 내린 비 때문에 지면이 부드러워서 의외로 뿌리까지 한 번에 쑥 뽑혔다.

"좋아, 이 정도면 넘어질 걱정은 안 해도—."

"꺄악?!"

뒤에서 노아의 작은 비명과 함께 지면을 미끄러지는 소리가 들렸다.

순간적으로 그쪽을 돌아보니 비양배추의 잔사물을 뽑은 노아가 엉덩방아를 찧고 있었다.

아마 너무 세게 뽑아서 뒤로 넘어진 거겠지.

"노아, 괜찮아?"

"……."

"……노아?"

반응이 없는 노아를 보고 머리라도 부딪쳤나 싶어서 걱정하다가, 노아가 작은 목소리로 뭔가를 중얼거리고 있다는 것을 알아차렸다.

"으으, 다른 누구도 아닌 내가……."

아무래도 아까 호언장담하고서 넘어진 것이 부끄러운 듯했다.

얼굴이 빨개진 노아를 보고 나와 리온은 무심코 웃었다.

"자, 잠깐만! 둘 다 왜 웃어!"

"아니, 하지만……."

노아는 이런 일면을 거의 보여 주지 않기에 의외였다.

아무튼 엉덩방아를 찧은 노아에게 손을 내밀었다.

"그러니까 미끄덩 꽈당 안 하게 조심하라고 했잖아."

"으~~!"

노아는 얼굴을 더 새빨갛게 붉혔지만 얌전히 내 손을 잡고 일어났다.

다행히 질퍽거리지 않는 곳에 넘어졌는지 옷은 살짝만 더러워진 것 같았다.

옷에 묻은 흙을 턴 노아는 여전히 얼굴을 붉히고서 조금 강한 어조로 내게 말했다.

"이, 이 일은 아버지한테 절대 비밀이야! 절대!"

"어? 비밀이라니. 굳이……."

"아버지는 이런 내 실수담을 아주 좋아한단 말이야!"

그건 아버지로서 좀 그렇지 않나.

아마도 항상 완벽한 딸의 조금 얼빠진 모습이 귀여운 거겠지. 노아 입장에서는 참기 어려운 일이겠지만.

"알겠지?!"

"그, 그래, 알겠어……."

"이런 실수를 했다는 걸 아버지가 알게 되면 분명 놀려 댈 거야……!"

늘 그렇듯 힘든 농작업이었지만 오늘은 노아의 새로운 일면을 알게 됐다.

그 후 몇 번이고 입막음하는 노아의 기세에 눌리면서도 우리는 순조롭게 비양배추의 잔사물을 모두 처리했다.

***

비양배추의 잔사물을 처리한 날 밤.

평소처럼 에릭 씨의 집에서 저녁밥을 얻어먹은 후, 에릭 씨가 할 이야기가 있다고 해서 서재로 갔다.

"하루마 군. 자네의 향후 방침을 물어보자 싶어서 말이야."

"향후 방침이요? 그건 왕국의 대답을 기다리고 나서 정하는 편이—."

"아니, 그쪽 방침이 아니라, 자네가 앞으로 할 밭일 말이네."

"아아, 그쪽이었나요."

당연히 어떤 마음가짐으로 비채소를 재배할 것인가 하는 이야기인 줄 알았다.

그쪽은 왕국의 반응을 봐야 알 수 있겠지만, 농작업 쪽 방침이라면 어느 정도 정했다.

"우선 비양배추 씨앗을 회수해야죠. 그건 당장 할 수 있는 일이 아니니까 다른 작업과 병행할 겁니다."

"흠흠."

일단은 비양배추가 꽃을 피울 때까지 비를 계속 내린다.

그러면서 다음 밭도 준비할 생각이다.

"오늘은 수확하고 난 비양배추의 잔사물을 처리했으니, 다음은 그 자리를 갈아엎어서 표층의 흙을 바꿔야죠."

"음? 어째서 흙을 바꾸는가?"

"흙 자체의 기운을 회복시키는 의미도 있지만, 비양배추의 뿌리나 잎을 심층으로 옮겨서 흙의 영양분으로 만드는 거죠."

"그렇군……."

그 부분은 나도 확실하게 기억하진 못하지만 틀리지는 않을 터다.

"아무튼 비양배추 밭은 일단 작업을 끝내고 다음 작업으로 넘어가려고요. 다음 작업이라고 해도 제가 이곳에 와서 맨 처음 했던 작업을 반복하는 거지만요."

"그렇다면 밭을 하나 더 만들려는 것인가?"

"네. 비채소는 비료가 없어도 될 뿐만 아니라 흙의 양분이 필요한지도 애매하니, 비양배추를 키운 흙에 다른 비채소를 키워도 괜찮기는 할 겁니다. 하지만 귀중한 비채소 씨앗을 헛되이 쓰고 싶지 않으니까 다른 밭을 또 만들기로 했습니다."

연작 장해가 일어나서 잘 성장하지 않을 가능성도 있고, 조심해서 나쁠 것은 없다.

내 말에 납득한 듯 에릭 씨가 고개를 끄덕였다.

"그렇지. 잘 자랄지 알 수 없는 곳보다는 새로운 밭에 심는 편이 나아. 하지만 괜찮겠나? 자네가 밭을 만드는 광경을 봤지만 상당한 중노동 같던데……."

"그건 걱정하지 않으셔도 됩니다. 그때는 혼자였지만 지금은 노아와 리온도 도와주니까요."

역시 두 사람을 너무 의지하는 것은 미안하니 나 혼자서도 완수할 각오는 하고 있지만.

"그럼 그렇게 새 밭이 준비될 때까지는 비양배추 때와 똑같겠군."

"아뇨, 실은 다른 작업을 하나 더 병행할 생각입니다."

그렇게 말하자 에릭 씨가 굉장히 걱정된다는 눈으로 바라보았다.

"……하루마 군, 집에서 책만 뒤적이는 노인이 이런 말 하기도 뭐하지만, 자네 너무 열심히 하는 것 아닌가?"

"아, 아뇨! 그렇게 대단한 작업은 아닙니다! 그저 마을 사람들에게 물건을 좀 빌리려고요……."

"무엇을 말인가?"

내게 필요한 것. 그건 다음 비채소를 키우려면 빼놓을 수 없는 물건이었다.

"으음, 길이가 다른 곧은 나무 막대랑 네트……가 아니라 큼직한 그물, 그리고 짚이요."

"물건들이 다 제각각인데……. 대체 뭐에 쓰려고 그러나?"

"물론 새로운 비채소 재배에 쓰려는 거죠. 이번에는 비채소 세 종류를 동시에 재배해 볼 생각이거든요."

내 말을 들은 에릭 씨의 눈이 화등잔만 해졌다.

뭘 키울 거냐고 물어볼 것 같았기에 먼저 입을 열었다.

"아, 뭘 키울 건지는 실제로 재배를 시작할 때까지 비밀입니다."

"으, 으음~ 하지만 그렇게 한꺼번에 키워도 괜찮겠는가?"

"밭의 넓이 자체는 비양배추 때와 똑같고, 오히려 좁아질 수도 있어요. 어쨌든 구획을 나눠서 키울 예정이니 문제는 없을 겁니다."

게다가 비양배추보다 재배 난이도는 별로 높지 않다.

……아니지, 병에 걸리기 쉬워서 조심해야 하는 작물이 있지만, 그건 키워 봐야 아는 거니까.

"하지만 하루마 군. 자네가 구하려고 하는 짚이나 큼직한 그물은 어쩌면 이 마을에 없을지도 몰라."

"예? 그런가요?"

"응. 이곳에서는 짚을 쓰는 작물을 취급하지 않고 축산업자도 없어. 그물을 쓸 일조차 없지. 왕국이라면 항구에서 고기잡이배가 나가니 그물을 입수할 수 있겠지만……."

가장 중요한 짚과 그물을 구할 수 없다니…… 그럼 어떡하지…….

아니, 포기하기에는 이르다. 없으면 만들면 되잖아!

짚은 근처 풀을 말리면 그럭저럭 대용으로 쓸 수 있다.

그물은…… 어떻게든 비슷하게 만들 수 있을 것 같다!

부지런히 시행착오를 반복해 나가자고 다짐하고 있으니 뭔가 번뜩 생각났는지 에릭 씨가 짝 손뼉을 쳤다.

"그렇지! 하루마 군. 왕국에서 보낸 조사단이 이곳으로 올 것이네."

"조사단이요?"

"그래. 자네가 이곳을 떠나지 못하는 걸 저쪽도 아니까 말이야. 그러니 반드시 조사단과 함께 올 괴짜……가 아니라 친구에게 비채소 재배에 필요한 짚과 그물을 준비해 달라고 부탁하는 것이네."

"예?! 하, 하지만 죄송한데……."

"걱정하지 말게! 비채소 재배에 필요하다고 하면 그 녀석은 기뻐하며 얼마든지 준비해 줄 테니까!"

에릭 씨의 후의에 나도 모르게 울 뻔했다.

저번에도 그랬지만 나이를 먹으면 정말로 눈물이 많아진다.

에릭 씨가 친구분을 괴짜라고 했다가 얼른 정정한 것이 약간 불안했으나, 지금 그런 건 어찌 되든 좋다. 예정을 바꿔서 다른 일에 집중할 수 있겠어.

"그럼 남은 건 곧은 나무 막대뿐이네요. 이건 적당한 목재를 칼로 깎으면 될 것 같아요. 시간은 걸리겠지만, 그물과 짚을 하나하나 만드는 것보다는 훨씬 쉽겠죠."

"그, 그렇지. 그래서 말인데, 하루마 구―."

"아, 맞다! 이 틈에 비료를 만들 간이 나무 상자를 마련해 둘까. 역시 비료는 준비해 두면 유용하게 쓸 테고."

"저기, 하루마 군?"

"이야~ 할 일이 계속 생겨서 정말로 큰일—."

"하루마 군!!"

"네?!"

무심코 생각에 빠져서 에릭 씨의 말을 못 들었다.

굉장히 신묘한 표정인 에릭 씨를 보고 고개를 갸우뚱하자 에릭 씨가 내 어깨에 가만히 손을 올렸다.

"하루마 군, 비채소 재배가 즐겁다는 건 잘 알지만……. 빽빽하게 예정을 잡아선 안 돼."

"앗, 네."

"나도 한창 잘나갈 때는 생각 없이 행동할 때가 많았지. 데이트 상대가 있는데 다른 여성을 또 꼬셔서 정신 차리고 보니 더블 부킹이 된 적도 있다네."

"그건 에릭 씨가 잘못한 것 같은데요."

"지금은 그런 짓 안 한다네!"

"그렇게 필사적으로 부정하지 않아도 괜찮습니다……."

아주 큰 목소리로 부정하는 에릭 씨에게 흠칫하며 대답했다.

그때, 서재 문이 살짝 열려 있다는 것을 알아차렸다.

에릭 씨도 똑같이 눈치챘는지 그쪽을 보았다.

천천히 문이 열리자 홍차가 담긴 쟁반을 든 리온이 냉담한 시선으로 에릭 씨를 보고 있었다.

"리, 리온, 언제부터 거기에……?!"

"한창 잘나갈 때는, 부터."

"……아, 아니란다!"

에릭 씨는 부정하려고 했으나 리온의 시선은 변함없었다.

리온은 테이블에 쟁반을 내려놓은 후 이쪽을 돌아보았고—.

"할아버지, 저질."

그렇게 에릭 씨에게 무엇보다 치명적인 말로 비수를 꽂고서 서재를 나갔다.

에릭 씨는 재처럼 새하얘졌다가 금세 재기동하여 노인 같지 않은 기민한 움직임으로 리온을 쫓아갔다.

"젊었을 적, 젊었을 적 얘기야! 그것도 딱 한 번뿐이었어! 그런 눈으로 할아버지를 보지 말려무나! 리오오오오온!"

변함없이 리온과 관련된 일에는 성격이 격변하는 사람이다.

"아무튼 갑자기 의욕이 솟는걸."

다음 비채소를 키우려면 해야 할 일이 많다.

그러니 지금 내가 해야 할 일을 확실하게 인식하고 과제를 하나씩 제대로 해결해 나가자.

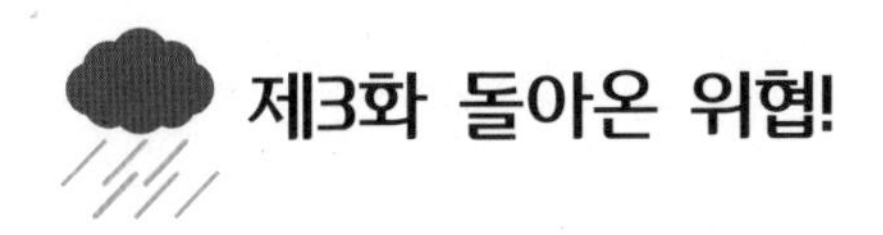

제3화 돌아온 위협!

최근 일주일 동안은 흙만 뒤적거리며 보낸 것 같다.

우선 비양배추를 재배했던 밭을 갈아엎었다.

그리고 나서 새 밭을 만들 곳에 표시를 하고, 그곳에 난 풀을 전부 맸다.

그리고 다시 땅을 갈아엎어 표층과 하층의 흙을 바꿨다.

노아와 리온이 도와준 날도 있었지만 그래도 일주일이나 걸리고 말았다.

아무튼 밭을 새로 갈아 일단은 준비가 됐기에, 며칠 쉬고 다음 작업으로 넘어가기로 했다.

***

현재 나는 나무들이 울창한 숲속을 리온과 함께 걷고 있었다.

옆에서 걷는 리온은 바구니 같은 것을 들고 있었고, 그 안에는 리온이 캔 산나물이 들어 있었다.

하지만 나는 오늘 리온과 산나물을 캐러 온 것이 아니었다. 새로운 비채소 재배에 필요한 도구를 만들 재료를 모으러 온 것이었다.

"……음~ 이건 좀 두껍나."

근처에 있던 가느다란 나무에 손을 짚고 관찰했지만 목재로 쓰기에는 적합하지 않을 것 같았다.

여기까지 오면서 딱 좋은 크기의 나무는 몇 그루밖에 못 찾았다. 의외로 간단히 모이지 않을까 낙관적으로 보고 있었지만 생각보다 쉽지 않을 듯했다.

"아직 부족해?"

"앞으로 서너 개는 더 필요해."

나중에 더 필요해져도 괜찮도록 예비 분량도 모아 두고 싶었다.

한데 묶은 긴 나뭇가지를 어깨에 걸치고 햇빛이 비치는 녹음 속을 걸었다.

그런 나를 보고 리온이 고개를 갸웃했다.

"그 나무로 뭐 하려고?"

"응? 아아, 지주(支柱)[#1]를 만들 거야."

"스튜? 맛있겠다."

왜 음식으로 변환됐지?

멀뚱멀뚱 쳐다보는 걸 보면 진심으로 한 소리겠지만, 왠지 어깨에서 힘이 빠졌다.

"스튜가 아니라 지지대를 뜻하는 지주 말이야."

"흐응, 뭘 받치게?"

"줄기가 쭉쭉 자라는 식물이 있잖아? 그런 식물은 내버려 두면 자라면서 자기 무게를 못 이기고 줄기가 꺾이거나 비틀린 형태로

#1 지주(支柱) 지지대. 일본어 발음은 시츄. 스튜의 일본식 발음과 같다.

성장해."

"아, 그래서 지지대가 필요하구나."

"맞아. 이 길이의 나무는 지지대가 아니라 다른 데 쓸 거지만, 짧은 건 그렇게 쓸 생각이야."

내가 키우려고 하는 비토마토는 줄기가 쓰러지지 않도록 받치는 지지대가 꼭 필요하다.

자연 속에서 자란 비토마토가 어떻게 군생했을지 궁금하긴 하지만, 준비해 둬서 나쁠 것은 없다.

그렇게 생각하며 나는 주변에 펼쳐진 자연을 둘러보았다.

나무들 사이로 비치는 햇빛.

수런수런 나뭇잎 스치는 소리.

어디선가 들려오는 조용한 물소리.

그 모든 것이 내게 새로웠다.

"하루마, 혹시 숲에 처음 들어와 봤어?"

"응? 아니, 그렇진 않아. 왜 그렇게 생각했어?"

"뭔가 눈앞의 경치에 매료된 것 같아서."

그런가. 리온에게는 그렇게 보였구나.

비가 내리지 않는 숲의 경치는 내게 신선하니 말이지.

"내가 태어난 곳은 여기와 비슷하게 자연이 풍부한 곳이었어. 어릴 때는 자주 숲에 놀러 갔었지."

"그러고 보니 하루마의 고향은 시골이라고 했지."

"하지만 그때부터 무의식적으로 마법을 발동했었으니까. 숲속을 뛰어다닐 때도 큰비가 내려서 고생했어."

어릴 적 나는 자신이 가진 힘에 관해 아무 생각이 없었기에 비가 오든 쾌청하든 즐거워했지만, 지금 생각해 보면 위험했다.

"위험하지 않았어?"

"그야 위험했지. 비가 거세면 작은 개울도 범람하니까. 그러고 보니 제일 기억에 남는 건 숲속에서 들개와 맞닥뜨렸을 때야. 무서워서 한동안 숲에는 못 들어갔어."

홀로 숲속에 있을 때 들개와 마주치면 진짜로 죽음을 각오하게 된다. 게다가 내가 봤던 녀석은 몸집이 꽤 커서, 한순간 늑대인 줄 알았었다.

그때는 맹렬한 호우가 내 주위에 쏟아져서 개가 도망갔지만, 생각해 보면 그건 나도 모르게 감정이 격해졌기 때문이었구나.

"그 기분, 나도 조금 알 것 같아."

"리온도?"

"지금은 아무렇지도 않게 산나물을 캐러 오지만, 나도 딱 한 번 커다란 마물과 조우한 적이 있어."

"뭐? 괜찮았어?!"

"포레스트 혼이라는 초록색 사슴이었는데, 사람 앞에 거의 나타나지 않는 보기 드문 마물이야."

"……그, 그건, 주변에 흔히 있는 마물이야?"

"정확히는 마물인지 아닌지도 미심쩍어. 환상의 생물로 여겨지는 존재니까."

생각보다 더 굉장한 존재와 만났잖아……?!

그거, 내가 살던 세계의 츠치노코나 캇파만큼 굉장한 녀석 아니야?

"한 일곱 살쯤에 봤으니까 진짜라고 믿어 준 사람은 부모님이랑 할아버지뿐이었어. 여기 왔을 때 랑그롱 씨에게도 얘기했는데 믿어 줬어."

"뭐, 그 사람들이라면 믿어 주겠지."

오히려 랑그롱 씨와 에릭 씨라면 자기도 보고 싶다면서 아쉬워할 것 같다.

"포레스트 혼은 풍작을 상징하는 마물로 여겨져서 길한 존재야. 특히 농부들 사이에서는 포레스트 혼이 밟은 논밭은 풍작이 약속된다는 전설도 있어."

"흐응, 대단하네. 나도 한 번쯤 보고 싶다."

"기회가 있으면 하루마도 볼 수 있을지 몰라. 인생은 무슨 일이 일어날지 모르니까."

"하하! 그것도 그러네."

아아, 확실히 리온 말이 맞다.

무슨 일이 일어날지 알 수 없는 것이 인생이다.

앞으로 고개를 돌리자 시야 끄트머리에 곧은 나뭇가지 두 개가 나란히 있는 것이 보였다.

"이거라면 딱 좋겠어."

길이도 두께도 나무랄 데 없었다. 조금 휘었지만 그게 또 근사하니 이건 이것대로 오케이다.

나는 가죽 홀더에 넣어 둔 톱을 꺼내 최대한 신중하게 나뭇가지를 자르고, 먼저 운반하던 나뭇가지와 함께 끈으로 묶어서 어깨에 짊어졌다.

“좋아, 그럼 앞으로 가자. 산나물도 더 캘 거지?”

“어? 나랑 같이 안 가 줘도 돼. 바쁜데 미안한걸.”

리온 혼자 숲에 두고 가는 게 확실히 걱정되기도 하지만, 다른 이유도 있었다.

“자칫 잘못하면 돌아가다가 길을 잃고 조난당할 테니까. ……내가.”

“……뭔가, 하루마는 때때로 덤벙거린단 말이지.”

리온이 어이없어하며 한숨을 쉬었다.

나는 그런 리온 옆에 서서 화창한 햇살이 쏟아지는 온화한 숲속을 함께 걸어갔다.

***

이튿날.

기후마법으로 비를 내리고 있는 밭 옆에서 나는 폐자재와 어제 모은 나뭇가지를 늘어놓고 서 있었다.

기분은 주말 목수였다.

“이야~ 에릭 씨가 적당한 칼을 빌려주셔서 다행이야~ 이걸로 나뭇가지를 깎을 수 있겠어.”

“멍!”

"후우로, 위험하니까 좀 더 멀리 떨어져 있어."

에릭 씨에게 빌린 조금 큰 칼과 톱, 못 등등 목공 도구가 마련되어 있었다.

"겸사겸사 써니래빗 대책용으로 울타리도 만들어 둬야지. 이쪽은 시간이 걸릴 것 같으니 나중에 하고, 맨 먼저 지지대부터 제대로 만들자."

그렇게 생각하고 칼을 가죽 홀더에서 뽑자 생각보다 거친 형태의 칼이 눈에 날아들었다.

"……?"

잘못 본 줄 알았지만 그것은 틀림없이 전투에 쓰일 법한 서바이벌 나이프였다.

"어, 어라? 나는 분명 나뭇가지를 깎고 자르는 데 쓸 거라고 말했지……?"

아무리 봐도 원예용 칼은 아닌데요.

완전히 군대에서 쓰일 만한 형태인데요.

"그, 그러고 보니 에릭 씨는 아들이 쓰던 칼이라고 했지……."

에릭 씨의 아들, 즉 리온의 아버지다.

그렇다면 이 칼은 트레저 헌터가 쓰던 물건이란 뜻이다.

"그렇게 생각하니 뭔가 송구스럽네……."

하지만 이대로 벌벌 떨고 있어 봤자 작업이 시작되지는 않기에, 어떻게든 기합을 넣고 작업에 착수하기로 했다.

열 개쯤 모은 나뭇가지 중에서 하나를 집어 최대한 신중하게 불

필요한 부분을 잘라 나갔다.

칼은 꽤 오래되어 보였지만 믿을 수 없을 만큼 예리해서, 언뜻 보기에 단단해 보였던 나뭇가지의 옹두리 부분도 버터처럼 싹 잘렸다.

"이, 이거 뭐야……. 너무 무서워……."

"끼잉……."

조심조심 칼을 움직이고 있으니 후우로가 나를 올려다보았다.

"걱정하는 거야? 나는 괜찮아. 이 정도 난관은 극복해 내겠—."

"멍!"

걱정하는 게 아니라 단순히 기후마법으로 비를 만들어 달라는 거였네.

내가 흠칫거리며 작업하고 있는데 이 녀석은 내 걱정보다 자신의 식욕이 아닌 「우욕(雨慾)」이 중요하다는 건가.

이 아이 눈에는 내가 혼자 겁먹은 것처럼 보일지도 모르지만.

"하아……."

왠지 어깨에서 힘이 쭉 빠졌다.

덕분에 긴장이 풀려서 아까보다 가벼운 마음으로 작업을 진행할 수 있었다.

하지만 잘못해서 손을 베지 않도록 세심한 주의는 기울이자.

한동안 말없이 나뭇가지를 다듬을 뿐인 작업이 계속되었다.

후우로도 심심한지 귀엽게 하품하며 앉아 있었다.

오늘은 리온도 노아도 없어서 평소와 달리 조용하기만 한 시간이 흘러갔다.

***

작업을 시작한 지 한 시간쯤 지났을까.

마침내 나뭇가지 다듬는 작업이 끝날 즈음, 후우로가 뭔가를 알아차렸는지 얼굴을 들고 숲 쪽을 보았다.

"응? 왜 그래? 후우로."

그쪽을 보니 수풀이 부스럭부스럭 흔들리고 있었다.

"으르릉……!"

어제 이야기했던 포레스트 혼이 온 건 아닐까 일순 기대했으나 곧장 그 망상을 버렸다.

"뀨~!"

""뀨이!""

밭을 노리는 토끼 마물, 써니래빗.

그 집요한 토끼가 재차 후우로와 내 앞에 모습을 나타낸 것이다.

분위기가 예전과 조금 달라 보였지만, 어쨌든 비늑대인 후우로가 있으면 이 녀석들은 거의 무력화할 수 있었다.

그래, 전혀 두려워하지 않아도 된다.

"후우로, 평소처럼 부탁해."

고개를 끄덕인 후우로는 이쪽을 바라보며 움직이지 않는 써니래빗 세 마리를 향해 씩씩하게 짖었다.

"멍! 멍멍!"

""""……""""

무반응.

평소 같았으면 겁을 먹고 말 그대로 토끼가 도망치는 듯한 기세로 도망쳤을 텐데, 이번에는 후우로가 짖는 소리에도 꿈쩍하지 않았다.

이에 여유롭게 생각하던 내 표정도 바뀌었다.

"뭐, 뭐야?! 안 도망치다니……?!"

"커, 컹……?"

후우로도 곤혹스러워했다.

써니래빗보다 생태계의 상위에 있는 비늑대를 무서워하지도 않다니 이건 이상한 일이었다.

"서, 설마 공포심을 극복하기라도 한 건가……?!"

늑대에게 토끼 따위 그저 포식 대상 중 하나에 불과하다.

토끼에게도 늑대는 존재를 감지한 순간 도망쳐야 하는 천적일 터다.

그러나 눈앞에 있는 세 마리는 그 절대적인 관계를 극복해 버렸다.

"하지만 대체 어떻게…… 헉?!"

자세히 보니 두 마리의 얼굴에 상처 같은 것이 있었다. 낫고 있는 것 같지만, 아무리 생각해도 자연스럽게 생긴 상처는 아니었다.

리더 격 써니래빗은 다치지 않은 것처럼 보였으나 몸집이 한층 커진 듯한 위압감이 있었다.

혹시 이 녀석들…….

"후우로를 공략하려고 수행한 건가?!"

자기들이 무슨 소년만화의 주인공이야?

이 녀석들, 마물계의 히어로라도 되는 거야?

비채소라는 보물을 지키는 문지기인 나, 그리고 지옥의 번견 케르베로스 같은 포지션인 후우로를 쓰러뜨리기 위해 엄격한 훈련을 거친 용사야?

그런 은근히 재밌어 보이는 이야기가 있어서야 되겠냐!

생각지도 못한 사태에 나도 후우로도 써니래빗 앞에서 움직이지 못하고 있으니 지금껏 아무 반응도 보이지 않았던 써니래빗의 보스가 기분 나쁜 울음소리를 냈다.

"흐뀨……!"

우, 웃었어……?!

지금 우리를 비웃은 거야?!

마치 『오늘은 인사차 온 거다. 다음에 만날 때는 각오해라』라고 말하는 듯한 분위기였다.

무서워.

저 녀석들의 집념과 영리함과 성장 속도가 너무 무서워.

나는 숲으로 돌아가는 녀석들의 뒷모습을 그저 멍하니 바라볼 수밖에 없었다.

"끼잉……."

"……미안, 후우로. 너도 충격적이었겠지."

걱정스럽게 나를 올려다본 후우로의 소리를 듣고 정신을 차리고서 이마에 맺힌 땀을 닦았다.

이건 좋지 않은 사태다.

나와 후우로의 존재가 녀석들을 더욱 강해지게 만들었다.

"오늘은 일찍 작업을 마치자. 노아에게 이 사실을 전해야 해."

더는 노아에게 폐 끼칠 수 없다고 이것저것 따질 때가 아니었다.
다른 농가에 피해가 미칠 가능성도 있었다.

나와 후우로만으로는 성장한 녀석들을 막는 데 한계가 있다.

"이번 비채소 재배…… 쉽지 않겠어."

성장하여 돌아온 위협, 써니래빗.

나와 녀석들의 인연은 여전히 계속될 것 같다.

***

써니래빗의 급성장을 보게 된 날 밤.

저녁을 먹기 전에 나는 노아를 에릭 씨의 집으로 초대하여 써니래빗 대책 회의를 열었다.

"중대한 사태네."

"녀석들의 성장 속도를 얕보고 있었어……. 우리가 그 녀석들을 강해지게 만들어 버린 걸지도 몰라."

"당신 탓이 아니야. 나도 안일하게 본 건 사실이야."

깍지 낀 손 위에 턱을 괸 노아는 심각한 표정을 짓고 있었다.

그 토끼들이 얼마나 성가신지 나보다 더 잘 알기에, 오늘 일어난 일의 심각함을 뼈저리게 이해하고 있을 것이다.

"이번 일로 잘 알았어. 그 녀석들은 평범한 마물이 아니야. 정체 모를…… 채소를 먹기 위해서라면 어떤 어려움도 극복하려고 하는, 농가에 있어 최강 최악의 적이야……!"

"그래, 나도 그렇게 생각해."

"멍!"

노아, 나, 후우로가 동의하는 가운데, 그 모습을 부엌에서 보던 리온은 조금 난처한 표정을 짓고 있었다.

"저기, 할아버지. 가끔 하루마와 노아의 기분을 따라갈 수 없을 때가 있어."

"걱정하지 말렴. 나도 그렇단다."

내 옆에 앉아 있는 에릭 씨도 우리에게 그다지 공감하지 못하는 것 같았다.

확실히 써니래빗의 생김새만 보면 그냥 토끼다. 그 모습만 봐서는 얼마나 성가신 존재인지 이해하기 어려울 것이다.

하지만 채소를 키우는 자에게는 다르다. 어떤 강력한 짐승보다도 녀석들이 더 무섭다.

나도 모르게 몸서리를 치자 에릭 씨가 이야기에 끼어들었다.

"하지만 듣자 하니 그 써니래빗은 상당히 지능이 높은 개체인 것 같군. 어쩌면 상당히 오래 살았을지도 몰라."

"역시 마물은 수명도 평범한 동물과 다르군요."

"그렇지. 종족에 따라서는 100년 넘게 살기도 하고, 놀라우리만큼 수명이 짧은 종족도 있다네. 하지만 때때로 특수한 개체가 태어

나는데, 그것들은 대체로 높은 지능과 긴 수명을 가지고 있지."

"그게 그 우두머리 써니래빗이라는 건가요?"

"그 가능성은 부정할 수 없네. 어쨌든 인간이 설치한 함정까지도 간파할 정도니까. 어지간한 경험과 지능이 없다면 불가능한 일이야."

역시 그 녀석은 평범한 써니래빗과 달랐구나.

데리고 다니는 두 마리는 평범한 써니래빗일지도 모르지만, 그래도 그 보스 토끼의 통솔로 장난 아니게 성가신 존재가 되었다.

"그런 상대에게서 비채소를 완벽하게 지킬 수 있을까……."

"하루마. 나는 약한 소리 듣고 싶지 않아."

"……그래, 알고 있어."

지금은 생각해야 할 때다.

앞으로 습격해 올 써니래빗을 어떻게 격퇴할지.

어설픈 함정은 피할 테고, 후우로를 단련하려고 해도 아직 새끼라서 너무 무리시킬 수는 없었다.

"어쨌든 울타리를 좀 더 튼튼하게 만들어 둬야겠어."

어디까지나 예방책에 불과하다는 것은 알고 있고, 그 녀석들이라면 간단히 돌파할지도 모른다.

노아도 비슷한 생각을 했는지 엄중한 표정을 짓고 있었다.

"비채소를 지키기 위해 움직일 수 있는 사람이 한 명이라도 더 있으면 좋을 텐데."

"지금은 어디든 바쁜 시기고, 애초에 고용할 만한 사람도 없어."

"그렇지."

""하아……""

둘이서 한숨을 쉬었다.

그러자 에릭 씨가 말했다.

"하루마 군. 저녁 먹은 다음에 말해 주려고 했지만, 실은 아까 왕국에서 대답이 왔다네."

"그렇군요…… 엇, 그런가요?! 그, 그건 무슨 내용이었죠?!"

에릭 씨가 너무 가볍게 이야기해서 나도 모르게 그냥 넘어갈 뻔했다.

"……음. 간결히 말하자면 예상대로 왕국은 살짝 혼란에 빠진 모양이야."

"혼란에……."

"전승으로만 남았던 비채소 재배라는 위업을 달성했으니 혼란에 빠지는 것도 당연하지."

"에릭 씨, 왕국 측에서 뭔가 움직임이 있는 건가요?"

노아의 말에 에릭 씨는 고개를 한 번 끄덕였다.

"역시나 조만간 비채소와 후우로를 조사하기 위한 조사단이 오게 되었네."

"후우로를 데려가는 건 아니죠……?"

"물론 그런 일은 없을 걸세. 비늑대— 후우로는 극비 취급이니 왕국 내에서도 다른 인간에게 알려지는 일은 없을 거라고 생각해도 좋네."

다, 다행이다.

혹시나 후우로가 끌려가서 몹쓸 일을 당하면 어쩌나 싶었다.

"그래서 방금 자네들이 말한 「움직일 수 있는 사람」 말이네만, 하루마 군의 호위를 담당할 뛰어난 기사가 조사단과 함께 온다는 모양이야."

"뛰어난 기사?! 저 같은 녀석한테 그런 대단한 사람을……."

"아니지, 오히려 반대야, 하루마."

당황하는 나를 보고 노아가 손을 가로저으며 부정했다.

"우천 기후마법으로 유일하게 비채소를 재배할 수 있는 하루마에게, 실력이 뛰어나다고는 하지만 호위가 한 명뿐이라니 너무 적어. 에릭 씨, 뭔가 이유가 있는 건가요?"

"음. 아마 왕국도 하루마 군의 힘을 아직 정확히 모르기 때문이겠지. 개중에는 고집스럽게 비채소의 존재를 부정하는 자나 고작 채소 농부 한 명에게 호위를 붙일 필요가 없다고 말하는 자도 있는 것 같네."

"그렇군요……."

가치관의 차이로 의견이 갈린 건가.

아는 사람이 본다면 비채소는 아주 굉장하지만, 관심 없는 사람에게는 흔한 채소와 다름없을 것이다.

하지만 한 명뿐이라고는 해도 호위가 붙었다는 건…….

"그 조사단이 저를 판별하는 건가요……?"

"그렇게 되지. 비양배추 조사는 이미 왕국에서 진행되고 있으니, 여기서 조사하는 건 자네의 기후마법과 후우로, 그리고 다른 비채소의 생태 정도일 거야."

내 기후마법도 조사받는 건가. 조금 긴장된다.

"아, 저번에 자네에게 말했던 내 친구도 조사단에 참가하는데, 오는 김에 자네가 희망했던 물건을 준비해 달라고 부탁해 뒀네."

"엇, 정말인가요? 감사합니다. 에릭 씨."

"아니야, 자네를 도울 수 있어서 나도 기쁘군."

이제 다음 비채소 재배를 준비할 수 있겠다.

호위로 어떤 사람이 올지 불안하기도 하지만, 뭐, 그건 어떻게든 되겠지.

그렇게 생각하고 있으니 요리를 든 리온이 부엌에서 나왔다.

"다 됐어."

"오오, 저녁밥이구나."

왕국에서 오는 조사단이라.

다소 불안하긴 하지만, 에릭 씨의 친구라면 나쁜 일은 일어나지 않을 것이다.

그리고 밭을 가꾸는 데 필요한 재료가 도착하는 것은 상당히 감사하다.

마침내 새로운 비채소 씨앗을 심을 계획이 세워져서 더 힘내자는 생각이 들었다.

***

조사단과 호위가 온다는 이야기를 들은 다음 날.

나와 후우로는 밭 옆에 있는 오두막 앞에서 마주 보고 있었다.

오두막 옆에 놓인 의자에는 리온이 앉아서 의아한 표정으로 우리를 지켜보고 있었다.

"후우로. 며칠 후에 나를 호위해 줄 기사님이 온다는 모양이야. 그분이라면 강해진 써니래빗을 간단히 쫓아낼지도 몰라."

"멍!"

"하지만 너도 어리다고는 하지만 비늑대야. 언제까지고 약한 채로 있으면 밭은커녕 자기 몸조차 지킬 수 없어!"

"멍!"

"그러니까 오늘은 너를 훌륭한 비늑대로 만들기 위한 특훈을 한다!"

"끼잉~."

"하루마. 아마도 후우로는 그저 비를 맞고 싶은 걸 거야."

앞날이 너무 캄캄해……!

도중부터 어렴풋이 그럴 것 같다는 생각은 들었지만 틀리길 바랐는데.

혀를 내밀고서 비를 기다리는 후우로에게 기후마법으로 비구름을 만들어 주며 앞으로 어떻게 할지 머리를 싸맸다.

"우선 짖는 연습을 해 보자. 할 수 있겠어?"

"멍!"

"옳지!"

씩씩하게 대답하는 후우로의 머리를 쓰다듬으며 일어났다.

그리고 아무것도 없는 공간을 가리키며 이미지하라고 했다.

"후우로, 눈앞에 얄미운 써니래빗이 있는 모습을 상상해."

"으르릉!"

"그래, 그거야. 화내, 화내는 거야. 녀석들에게 무시당한 그때를 떠올려……!"

귀엽게 생긴 얼굴로 날렸던 비웃는 울음소리와 짜증 나는 동작.

후우로도 그것을 이미지하고 있는지 털을 곤두세우며 허공을 노려보았다.

"자, 후우로! 쌓이고 쌓인 불만을 포효로 해방해!"

"크앙!"

"귀여워."

뒤에서 리온이 귀엽다고 판정해 버렸다……!

확실히 나도 귀엽다고 생각했다.

노력하는 모습은 칭찬해 주고 싶지만, 이래서야 그 토끼들을 내쫓는 건 어림 반 푼어치도 없는 일이다.

"끼잉……."

"후우로. 네 잘못이 아니야. 아직 어리니까."

어쩔 수 없는 결과였다.

풀이 죽은 후우로의 머리를 쓰다듬으며 어떻게 할까 고민했다.

그러자 뒤에서 리온이 말했다.

“성체 비늑대는 얼마나 클까?”

“어? 그야…… 아니지, 평범한 늑대와는 다르니까 성장한 크기도 다를지도 모르겠네…….”

이대로 내가 아는 늑대와 똑같은 크기가 될 거라는 보장은 없다. 어쩌면 더 커질 수도 있다.

그렇게 돼도 곤란하지는 않지만, 솔직히…… 무서울지도.

“컹?”

“……뭐, 지금 생각해 봤자 소용없나.”

“그것도 그러네.”

귀엽게 고개를 갸우뚱한 후우로를 보고 웃으며 일어났다.

“리온. 뭔가 좋은 특훈 방법 없을까?”

“음~ 후우로랑 같이 달린다든가……?”

“달리기라. 괜찮을 것 같은데.”

늑대의 특징이라고 하면 역시 날렵함이다.

다리를 단련하면 후우로도 자신감이 생길 것이다.

“좋아, 시험 삼아 달려 볼까.”

“어디를 뛰게?”

“마을 외곽을 빙 뛰어 보려고.”

한 2~3킬로미터 정도 되려나?

어쩌면 더 적을지도 모르지만, 그러면 한 바퀴를 더 돌면 된다.

“후우로, 할 수 있겠어?”

“멍!”

로브를 벗고 후우로에게 묻자 기뻐하며 꼬리를 흔들었다.

의욕은 충분한 것 같다.

"나도 열심히 뛸 테니까 따라와!"

"멍!"

"잘 갔다 와~."

농사를 지으며 나도 어느 정도 체력이 붙었다고 자부한다.

후우로가 신나게 쫓아오는 것을 확인하며 나는 햇볕이 쏟아지는 쾌청한 날씨 속에서 달리기 시작했다.

"—그래서 리온. 이건 무슨 상황이야?"

마침 밭 근처를 지나가던 노아가 지면에 엎어진 나를 보고 미묘한 표정을 지었다.

"후우로의 특훈으로 같이 달렸는데 하루마의 체력이 먼저 고갈되어 버렸어."

어떻게든 마을 외곽을 뛰기는 했으나 나는 두 번째 바퀴에 돌입하지 못하고 쓰러지고 말았다.

야생의 체력을 얕보고 있었다……기보다 자신의 체력이 얼마나 형편없는지 모르고 있었다.

그렇겠지. 농사는 어디까지나 농사다. 인내심은 생겨도 내구력까지 생기진 않는다는 것은 조금만 생각해 봐도 알 수 있는 일인데.

"멍!"

"미안해, 후우로. 내가 한심해서……."

"저기, 괜찮아? 자, 물 가져왔으니까 마셔."

"고마워, 노아. 후우로도 비구름 만들어 줄 테니까 기다려 줘……."

노아가 건넨 컵을 입으로 가져가며 손바닥에 비구름을 만들어서 후우로에게 보냈다.

"하루마, 너무 무리하지 마. 당신도 나이가 있잖아."

"나는 아직 서른 살인데요."

"응? 그러니까 말이야."

"……."

확실히 갑자기 운동하기는 힘든 나이지만.

뛰니까 옆구리가 무진장 아프고.

마음은 앞으로 달려가는데 다리가 따라 주질 않았다.

어릴 때 숲속을 뛰어다녔던 나는 이제 어디에도 없다고 자각하고 말았다.

하지만 마음은 젊게 살고 싶습니다.

"밭일을 한다고 해서 달리는 체력이 붙지 않는 건 확실하네."

"맞아. 생각보다 더 몸이 안 움직여서 깜짝 놀랐어……."

"내일부터 새벽에 후우로랑 같이 달리는 건 어때?"

"멍!"

노아의 말에 찬성하듯 후우로가 기운차게 짖었다.

새벽 달리기라.

건강에도 좋고, 상쾌한 기분으로 작업에 임할 수 있으니 괜찮을 것 같다.

"그럼 해 볼까……. 아, 처음 목적에서 대폭 벗어나 버렸네."

도중부터 내 체력을 단련하자는 이야기가 되었지만 원래 취지는 후우로의 특훈이었다.

"어? 하루마의 운동 부족을 해결하자는 얘기 아니었어?"

"아주 틀린 얘기는 아닐지도."

"틀렸어! 써니래빗과 싸우기 위해 후우로를 훈련시키고 있었어."

리온의 중얼거림을 부정하며 노아에게 일의 경위를 설명했다.

"확실히 후우로가 성장해 주면 써니래빗도 편하게 상대할 수 있겠지만……."

"끼잉……."

"아, 후우로가 약해서 그런 게 아니야. 너는 지금도 충분히 믿음직스러워."

풀이 죽은 후우로를 노아가 위로했다.

실제로 지금도 후우로는 충분히 믿음직스러웠다.

내가 밭일에 집중할 수 있는 것도 후우로가 망을 봐 주는 덕분이었다.

"하지만 하루마가 따라갈 수 있는 수준이면 아무런 훈련도 안 돼."

"사실이지만 그렇게 말하니까 괴롭다……."

진지하게 새벽 달리기를 실시하자.

그때 나는 내 손바닥과 후우로를 번갈아 보고서 어떤 생각을 떠올렸다.

그래. 민첩성을 단련하는 방법이 달리기뿐인 것은 아니다.

"애들아, 좋은 특훈 방법이 생각났어."

"흐응, 뭔데?"

"직접 보는 게 더 빠를 거야."

나는 후우로와 마주 보고 손바닥에 농구공만 한 비구름을 만들었다.

눈앞에 비구름이 놓이자 후우로는 신나게 꼬리를 흔들며 달려들려고 했지만 기다리라고 했다.

"달려들기 전에 설명을 들어."

"멍!"

"좋아. 이 훈련은 너도 즐겁고, 나도 마법 훈련이 되는 획기적인 훈련이야."

얌전히 앉은 후우로를 마구 쓰다듬고 싶은 충동을 느끼며 지금부터 할 훈련에 관해 설명했다.

"내용은 단순해. 내가 비구름을 힘껏 움직일 테니까 후우로는 그걸 쫓으면 돼."

"하루마, 괜찮겠어?"

리온의 말에 고개를 끄덕였다.

"비구름을 마음대로 조종하려면 상당한 집중력이 필요하니까 좀 힘들긴 할 거야. 하지만 이 방식이라면 후우로도 즐겁게 훈련할 수 있으니까 괜찮아."

공부도 운동도 즐기지 않으면 오래 못 한다.

후우로가 질리지 않고 즐겁게 훈련하는 것이 중요했다.

"후우로, 간다!"

"멍!"

"이얍!"

"멍!"

"이쪽이다!"

"멍!"

"예이~!"

"멍~!"

"……."

길거리 공연 같은 이 훈련은 뭐지.

"하루마의 움직임, 평범하게 재미있어."

"맞아. 구호도 힘이 빠져."

웃으면서 지적하지 마! 나도 알고 있어!

하지만 후우로는 즐겁게 훈련했기에 멈출 수 없었다.

내게도 마법을 확실하게 조작하는 훈련이 되어서 그대로 속행했다.

***

그렇게 한 시간쯤 훈련을 계속했지만, 역시 집중력도 한계에 다다라서 오늘은 훈련을 끝냈다.

"후우로, 즐거웠어?"

"멍!"

리온의 말에 후우로가 기뻐하며 빙글빙글 돌았다.

이 아이는 태어난 지 얼마 안 됐고, 몸도 작다.

하지만 이 작은 몸에는 상상할 수도 없는 가능성이 잠들어 있을 터다.

나는 후우로 앞에 무릎을 꿇고 다정하게 머리를 쓰다듬었다.

"같이 힘내자."

나도 후우로와 똑같다.

아무것도 모른 채 이 세계에 와서 지금까지 여러 가지를 배웠다.

그러니 앞으로도 파트너로서 함께 걸어가자.

"하루마, 슬슬 점심 먹자."

"응? 벌써 시간이 그렇게 됐어?"

순식간에 시간이 흐른 모양이라 어느새 점심시간이었다.

그걸 자각하자 몹시 배가 고파졌다.

리온에게 대답하며 후우로에게 시선을 보냈다.

"후우로도 운동해서 배고프지?"

"멍!"

일어난 나는 점심을 준비하는 리온과 노아 곁으로 후우로와 함께 걸어갔다.

아직 본격적인 농번기가 시작되지 않은 조용한 시간.

농사짓는 시간도 좋아하지만, 이런 시간도 소중하다고 새삼 생각했다.

제4화 조사단 도착과 지식의 탐구자 케빈

왕국에서 조사단이 온다는 이야기를 듣고 닷새가 지났다. 노아의 부친인 랑그롱 씨가 불러서 나는 그가 사는 저택에 와 있었다.

응접실로 안내받아 들어가니 안쪽에서 랑그롱 씨가 바로 모습을 나타냈다.

“왔구나, 하루마. 제스, 나한테도 홍차를.”

“그러실 줄 알고 준비했습니다, 주인님.”

“역시 대단해. 변함없이 일 처리가 빠르다니까.”

랑그롱 가문을 섬기는 집사 제스 씨는 단순히 홍차를 나르는 것 같지 않은 빠릿빠릿한 움직임으로 눈 깜짝할 사이에 랑그롱 씨 앞에 홍차를 내려놓았다.

이에 만족스럽게 웃은 랑그롱 씨가 내게 시선을 보냈다.

“갑자기 불러내서 미안하다, 하루마.”

“아뇨, 저도 마침 아무 작업도 안 하고 있었습니다. 혹시 조사단 이야기를 하려고 부르셨나요?”

“긴말하지 않아도 돼서 좋군. 에릭에게 이야기는 대충 들었겠지만 내 쪽에서도 설명해 두지. 조만간 왕국에서 조사단이 올 거야.”

“네.”

“하루마와 기후마법, 비늑대 후우로, 그리고 비채소 조사가 이루어지겠지. 그 과정에서 네게 위해가 가해지는 일은 없을 거라고 내가 보증하마. 하지만 만약 위협을 받거나 부자연스러운 교섭을 시도해 오면 바로 내게 알려 줬으면 해."

"물론이죠. 그런 수상한 이야기는 받아들일 생각이 없습니다."

"개중에는 비채소의 재배 규모를 키워서 돈벌이에 이용하려는 족속도 있을지 몰라. 그런 이야기를 꺼내도 확실하게 거절할 수 있겠나?"

"네. 애초에 우천 기후마법을 쓰는 사람은 저밖에 없으니까요. 너무 규모를 키우면 제가 감당할 수 없어서 최악의 경우에는 과로로 죽어 버릴 거예요."

"그, 그런가. 그렇다면 괜찮겠군……."

살짝 당혹스러워하면서도 랑그롱 씨는 납득한 것 같았다.

최근에는 너무 열심히 일한다고 걱정하는 말을 자주 듣지만, 그런 나도 「아, 이 이상은 죽겠다」 하는 생각이 들면 멈춘다.

"조심하는 게 가장 좋지. 왕국에는 다양한 인간이 있으니까……그래, 정말로."

어라? 랑그롱 씨의 눈이 뭔가 아득해진 것 같은데…….

뭐지? 왕국에는 위험한 사람들이 잔뜩 있나?

알고 싶기도 하고, 알고 싶지 않기도 하고…….

"……너한테는 얘기해 둬야겠지."

"네?"

"내가 아는 사람이 조사단에 참가하게 됐어."

"혹시 에릭 씨가 말했던……."

"그래, 그 인물이야."

랑그롱 씨는 전에 없이 우물쭈물 말했다.

실제로 얼마 전에 에릭 씨에게 어떤 사람인지 물어봤었다.

그리고 돌아온 반응은—.

『내 입으로 그 친구…… 케빈을 이야기하는 건 매우 어렵네. 다만 어쨌든 한마디로 표현하자면…… 그렇지, 「괴짜」야.』

나는 몹시 불안해졌다.

그 이야기를 랑그롱 씨에게 하자 랑그롱 씨는 납득하며 고개를 끄덕였다.

"뭐, 그 영감탱이가 그렇게 반응할 만해."

"어떤 분인가요?"

"머리 좋은 바보. 혹은 유능한 멍청이."

"죄송합니다. 무슨 뜻인지 모르겠어요……."

여러 가지 의미에서 모순된 말이 랑그롱 씨의 입에서 튀어나왔다.

"케빈이라는 남자는 비상한 두뇌만 따지자면 대륙 제일이야. 마법 기술은 영감탱이보다 못하지만, 마법 이론 같은 학술적인 면에서는 웃도는 녀석이지."

"굉장한 사람이네요."

"하지만."

거기서 일단 말을 끊은 랑그롱 씨는 이마를 짚었다.

"그 녀석은 한번 흥미로운 대상을 발견하면 누구도 말릴 수 없을 만큼 열중해. 밤낮 불문하고 말이야."

"바, 밤낮 불문하고……?"

"게다가 연구 성과가 나오면 그걸 굳이 우리한테 자랑하러 와. 설령 밤중이라 이쪽이 자고 있어도, 다른 일을 하고 있어도, 아랑곳없이 찾아와서 자기 하고 싶은 말만 떠들고 그대로 돌아가지."

마, 마치 폭풍 같은 사람이네.

이야기만 들어 봐도 상당한 개성을 가진 사람임을 알 수 있었다.

"그런 남자가 이번에 주목한 대상이 너와 비채소야."

랑그롱 씨가 조금 전에 설명한 내용을 생각하면 오히려 내게 관심을 안 가지는 것이 이상했다. 왠지 만나기 무서워졌다.

"걱정하지 마. 상대의 시간이나 사정을 고려하지 않는 시끄러운 녀석이긴 하지만 나쁜 인간은 아니야."

"네, 네에……."

"뭐, 일단 만나 봐야 알 수 있겠지."

확실히 랑그롱 씨의 말이 맞다.

괜히 선입관만 가지고서 아직 만나지도 않은 인물을 불편하게 여기는 것은 실례다.

그렇게 생각하고 있으니 랑그롱 씨의 뒤에 서 있던 제스 씨가 벽에 걸린 괘종시계를 보았고, 즐겁게 홍차를 마시는 랑그롱 씨에게 말했다.

"주인님, 슬슬 일하셔야 합니다."

"벌써 시간이 그렇게 됐나. 미안하지만 나는 슬슬 다시 일해야겠어."

"아닙니다. 저도 이야기를 들을 수 있어서 좋았습니다."

랑그롱 씨는 바쁜 사람이다. 게다가 자신의 영지에서 비채소라는 전설과 같은 작물 재배가 성공했으니 그와 관련된 일도 있을 것이다.

"그렇게 말해 주니 기쁘군. 제스, 하루마를 출구까지 안내해 줘."

"알겠습니다. 하루마 님, 이쪽으로 오시죠."

"아, 네. 잘 부탁드립니다."

다시 한번 랑그롱 씨에게 머리를 숙인 후, 제스 씨를 따라 출구로 향했다.

하지만 문을 나가는 순간, 뒤에서 랑그롱 씨가 「아」 하고 말해서 돌아보았다.

"맞다. 하루마, 마지막으로 묻고 싶은데……. 노아한테 무슨 일 있었나?"

"아뇨, 특별한 일은 없었는데……. 노아에게 이상한 점이라도 있나요?"

의아해하며 질문하자 랑그롱 씨는 웃으며 손을 내저었다.

"아니, 그저 딸의 근황이 궁금했을 뿐이야. 너와 만나면 물어보자 싶었거든."

"노아는 직접 얘기해 주지 않는 건가요?"

질문이 좋지 않았는지 내 말에 랑그롱 씨의 어깨가 축 처졌다.

"밭에 관해서는 이것저것 얘기해 주지만, 그러다 뭔가 생각난 것처럼 얼굴이 새빨개져서 바로 이야기를 끝내 버렸어. 그게 신경 쓰여서 일도 손에 안 잡혀."

"밭 얘기를 하다가 얼굴을…… 아."

혹시 비양배추를 뽑다가 미끄러져서 넘어진 일 때문인가.

그렇게까지 신경 쓸 일도 아니라고 생각하지만, 노아는 상당히 부끄러워했으니 말이지.

"뭔가 알고 있군……?"

"헉?! 아, 아뇨, 아무것도 모릅니다!"

"설마 네놈, 딸에게 파렴치한 짓을 한 거냐!! 만약 그렇다면…… 여러 가지로 각오해야 할 거다!!"

이야기가 너무 비약했잖아요!

무슨 짓을 당할지 모르겠지만 아무튼 무서워!

"말하겠습니다! 말할 테니 봐주세요!!"

"딸이 필요 없다는 거냐!!"

대체 무슨 소리야?!

완전히 폭주 중인 랑그롱 씨에게 붙잡힐 뻔했으나, 보다 못한 제스 씨가 설득해 줘서 아무튼 랑그롱 씨는 침착하게 이야기를 들어줬다.

그 대신 노아가 숨기고 싶어 했던 『밭에서 미끄덩 꽈당 사건』을 이야기하고 말았다.

솔직히 랑그롱 씨도 무섭지만, 나중에 이 사실을 안 노아를 만나는 것도 무섭다.

***

이 세계에 와서 빨래하기 좋은 날이라는 말을 가깝게 느끼게 되었다.

원래 살던 세계에서 나는 빨래를 그다지 밖에 널지 못했다. 이유는 말할 필요도 없다.

하지만 이 세계에 와서 자신의 힘을 조절하게 된 뒤로는 그 고민과도 무관해졌다.

"이야~ 옷을 빨면 마음도 깨끗해진다니까."

"멍!"

기후마법으로 비를 만들어 세탁한 옷을 오두막 앞에 하나하나 널었다.

후우로는 하늘하늘 흔들리는 옷을 흥미진진하게 보며 즐겁게 빙글빙글 돌았다.

"이러고 있으니 도시에서는 맛볼 수 없었던 상쾌함이 느껴져."

아마 기분 탓이겠지만.

내가 생각하기에도 영문 모를 소리를 중얼거리며 빨래를 다 널었다.

작은 성취감을 느끼고 있으니 이쪽으로 달려오는 인물이 시야 끄트머리에 잡혔다.

"응? 노아인가?"

전력 질주로 달려오는 노아를 보고 여러 가지로 눈치챈 나는 즉시 사죄 태세에 들어갔다.

"노아, 그 일은 정말 미—."

"하루마!"

"안으극?!"

갑자기 멱살을 잡혀서 이상한 목소리가 나왔다.

노아는 웃으면서 화내는 느낌의 표정을 짓고 있었다.

"그 일은 말하지 말라고 했을 텐데?!"

"나, 나도 랑그롱 씨가 따지고 들어서 말할 수밖에 없었어!"

"오늘 아침에 바로 실실거리며 말했다고! 심지어 어머니 앞에서! 얼마나 창피했던 줄 알아?!"

아아, 어머니 앞에서 폭로당했나.

어제 랑그롱 씨는 『노아가 너희 앞에서 그런 모습을 보이게 됐나!』 하면서 무척 기뻐했지만 자식 입장에서는 그런 게 부끄러울지도 모른다.

"그보다 왜 아버지가 따져 들었다고 얘기하는데!"

"아니, 하지만 말도 안 되는 의심을 받을 뻔했고, 각오하라는 말을 들어서……."

"각오? 무슨 각오?"

"나도 몰라. 하지만 뭔가 돌이킬 수 없는 일이 벌어질 것 같은 느낌은 들었어."

뭐였을까. 생명의 위험과는 또 다른 느낌을 받았다.

"……나중에 아버지한테 물어볼게."

"그, 그래 줘."

진정됐는지 천천히 심호흡한 노아는 밭으로 얼굴을 돌렸다.

현재 밭은 두 개 있었다.

하나는 비양배추 씨앗을 키우고 있는 밭.

다른 하나는 새로운 비채소를 키울 예정인 아무것도 심지 않은 밭.

이쪽은 언제든 시작할 수 있게 준비가 끝났지만, 조사단이 온 다음에 시작하는 것이 좋을 듯해서 일시적으로 작업이 중단된 상태였다.

"조금 있으면 비양배추 씨앗을 회수할 수 있겠네."

"맞아. 꼬투리 색깔도 많이 노래졌어."

비양배추 꽃이 피고, 씨가 든 꼬투리가 점점 생기고 있었다.

"이쪽은 언제 시작해?"

"조사단이 온 다음에 시작할 생각인데……."

"아직도 안 왔지."

"왕국에서 마차로 오는 거면 오늘이나 내일 도착할 거라고 에릭 씨가 그랬지만, 슬슬 도착해 줬으면 좋겠…… 응?"

이번에는 리온이 오는 것이 보였다.

리온치고는 드물게도 잔달음질이었다.

"어라? 저렇게 바쁘게 뛰어오다니 무슨 일일까?"

그렇게 말한 노아는 지금의 리온보다 다섯 배쯤 빠르게 전력 질주했던 것 같은데, 내가 잘못 기억하는 걸까?

아무튼 나와 노아는 후우로를 밭에 대기시키고 리온 곁으로 달려갔다.

"무슨 일 있었어?"

"응."

고개를 끄덕인 리온은 한 박자 쉬고 마을 쪽을 가리켰다.

"조사단 사람들이 왔어."

***

나와 노아는 리온에게 소식을 듣고 바로 조사단이 있다는 곳으로 향했다.

리온은 우리한테 오느라 체력을 다 썼기에 후우로와 함께 밭에서 쉬라고 했다.

불안과 호기심을 품으며 노아와 함께 마을 중심부로 가자 왕국에서 온 일행이 마을의 유일한 여관 앞에 짐을 내리고 있었다.

보아하니 무슨 기구 같은 것을 옮기고 있었는데, 인원수는 열 명쯤 되는 듯했다.

그 일행 중에 무장한 사람도 있었다. 이 중 한 명이 나를 호위해 주는 걸까?

"의외로 본격적이네."

"무슨 당연한 소리를 하는 거야. 안 그러면 왕국에서 조사단을 왜 파견했겠어?"

"하하하, 확실히 그렇지."

"아무튼 대면해 두자. 나도 이곳을 다스리는 영주의 딸로서 인사해 둬야 하니까."

노아가 촉구해서 흰 가운을 입은 남성에게 말을 걸었다.

"저기, 실례합니다."

"오, 그래. 무슨 일이지?"

나이는 랑그롱 씨와 비슷하려나. 안경을 쓰고 있어서 지적인 인상이었다.

앞으로 나와 연관될 사람들이므로 최대한 실례되지 않게 인사하자.

"안녕하십니까. 저는 비채소를 재배한 아마미야 하루마라고 합니다. 멀리서 이곳까지 와 주셔서 감사합니다."

"호오!"

일순 남성의 눈이 반짝인 듯한 착각이 들었다.

남성이 쑥 다가와서 흠칫하자 그는 또랑또랑한 목소리로 말했다.

"자네가 하루마 군인가! 나는 케빈 유자리아! 조사단의 책임자지! 앞으로 잘 부탁하네!!"

모, 목소리가 커……. 이 사람이 바로 그 케빈 씨인가…….

"자, 잘 부탁드립니다……."

"에릭 씨에게 이야기는 아주 잘~ 들었네! 나도 자네를 조사……자네와 이야기하는 걸 무척 기대하고 있었어!"

자연스럽게 나를 「인간」이 아니라 「관찰 대상」으로 보고 있는 것 같은데요.

예상보다 더 개성이 강한 케빈 씨를 보고 나도 노아도 어안이 벙벙해졌다.

하지만 그때, 이쪽을 강한 눈길로 바라보는 호위 여성이 시야 끄트머리에 있음을 알아차렸다.

그러나 시선을 보내자 여성은 이쪽에 등을 돌리고 마차 쪽으로 걸어가 버렸다.

어라? 저 사람, 머리에…….

"동물 귀 같은 게…… 있었지?"

그것도 후우로 같은 강아지 귀였다.

저런 게 왕국의 패션인 걸까?

"그럼 하루마 군! 만나자마자 미안하지만 자네의 기후마법을 보여 주겠나?"

"예? 자, 잠시만요!"

노트를 한 손에 들고서 바싹 다가오는 케빈 씨를 제지하며 나는 혼란스러운 머리를 필사적으로 진정시켰다.

***

나와 함께 밭으로 이동한 조사단 사람들은 바로 조사를 시작했다.

밭 주위에 다양한 형태의 도구가 준비되었는데, 전부 원래 살던 세계에서 본 적 있는 기계와 디자인이 비슷했다.

"이야~ 굉장해! 이게 우천 기후마법인가!"

얼추 준비가 끝난 후, 먼저 내가 부탁받은 일은 그들에게 기후마법을 보여 주는 것이었다.

손바닥 크기로 만든 비구름을 보여 주자 케빈 씨는 어린아이처럼 눈을 반짝였다.

"마력을 핵으로 삼아 공기 중의 마력과 수분을 흡수하고 있는 건가! 물 자체를 생성하는 물 계통 마법보다 연비도 좋아!"

"유자리아 소장님, 아마미야 씨의 마력량 계측 결과가 나왔습니다. 소장님께서 말씀하신 대로 어마어마한 수치입니다."

조사원 한 명이 손에 든 계측기 같은 것으로 내 마력을 측정한 듯했다.

"그런가, 고맙군. ……흠, 마력량은 약 8천인가. 일반인의 마력량은 대체로 100 정도이니 자네는 그 80배에 달하는 마력량을 보유하고 있는 거야."

"그, 그렇게 많은가요……."

"자네가 기후마법이 아닌 다른 마법에 눈떴다면 희대의 영웅이 됐을지도 몰라. 하하하!"

농담인지 진담인지 모르겠으나 웃어넘길 수 없는 말을 하며 웃는 케빈 씨를 보고 어색하게 웃었다.

"하루마 군의 마력이 유달리 많기에 안 그래도 희소한 우천 기후 마법이 더욱 이질적인 것으로 변했어. 자네가 마음만 먹는다면 구름 한 점 없던 하늘을 비구름으로 덮는 것도 가능하겠지."

"그런 짓은 안 합니다……."

"그래, 알다마다. 에릭 씨에게 자네의 인품을 들었으니까. 나는 섬세함이 결여된 사람이니, 혹시 기분이 상하더라도 무시하는 게

정답이야."

"본인이 직접 할 말은 아닌 것 같은데요……?"

"자각 못 하는 것보다는 낫지 않은가?"

뭐지. 미워할 수가 없는 사람이다.

말은 실없이 하는 것 같아도 조사에 임하는 자세는 매우 진지했다.

내게서 조금도 시선을 돌리지 않고 펜을 놀리는 모습이 은근히 무섭지만.

"이것 참, 이토록 엄청난 소양을 가진 기후마법사를 만나는 건 처음이야."

"저 말고 다른 기후마법사를 만난 적이 있으신가요?"

"기후마법은 희소한 마법이긴 하지만 사용자가 아예 없지는 않아. 내가 만난 건 『천둥』 기후마법과 『쾌청』 기후마법 사용자였지."

"천둥과 쾌청……."

대체 어떤 능력일까.

"자네도 궁금하겠지. 응, 우리가 데이터를 얻는 모습을 그저 지켜보기만 하는 것도 심심할 테고. 심심풀이로 내가 만난 기후마법사에 관해 이야기해 주겠네. 아, 비구름은 제대로 유지해 주게."

"아, 감사합니다."

지면 위에 유지시키던 비구름에 마력을 보태며 케빈 씨의 이야기에 귀를 기울였다.

"먼저 천둥 기후마법. 이쪽은 단순히 뇌운을 만들어 낼 수 있는 마법이야. 하지만 자네처럼 비도 내릴 수 있었어."

"그렇다면 제 마법의 상위 호환인가요?"

"아니, 꼭 그렇다고는 할 수 없지. 천둥 기후마법은 상당히 연비가 안 좋아. 평범하게 비구름을 만드는 것 외에 천둥 요소도 집어넣어야 하니까. 내가 만난 천둥 기후마법사는 이웃 나라의 기사였는데, 주로 싸우는 동료를 보조하는 데 기후마법을 썼어."

그렇군. 능력만 보면 우천 기후마법의 상위 호환이지만, 연비 자체는 내 쪽이 낫나.

"쾌청 기후마법은……."

"아아, 쾌청 기후마법사는 왕국 인근에 사는 소녀였지. 쾌청 기후마법은 그야말로 자네와 극과 극인 마법이지만 그 위험성은 동등해."

"어? 그런가요?"

"쾌청 기후마법이 가져오는 것은 문자 그대로 「쾌청」. 본래 비는 돌고 돌아 사람들의 생활용수로 바뀌는데, 그 순환을 억지로 비틀 수도 있는 거야."

"게다가 줄곧 가뭄이 계속되면 작물에도 영향을 주죠."

"맞아! 그것도 쾌청 기후마법이 내포한 위험성 중 하나야. 다행히 내가 만난 소녀는 마력량이 일반인보다 조금 많은 정도였기에 그럴 걱정은 없었지만 말이네."

"아, 그랬군요."

"하지만 재미있는 아이였어. 기후마법 덕분에 언제든 예쁜 달과 별을 볼 수 있다고 했지. 나도 설마 밤하늘을 보기 위해 기후마법을 쓸 줄은 몰랐어.”

그렇군. 어떤 하늘도 「쾌청」하게 만들 수 있다면 밤하늘에 뜬 구름도 마법으로 없앨 수 있는 건가.

뭐랄까, 로맨틱하게 쓰는구나. 내 마법으로는 도저히 할 수 없는 일이다.

“자, 얘기하는 사이에 우천 날씨마법의 대략적인 구조는 해석됐네.”

“엇, 벌써요?”

“사전 준비는 끝내서 현지에서 확인만 하면 됐었거든. 여기서부터 좀 오래 걸리는데 괜찮겠나?”

“네. 그건 별로 상관없는데…….”

먼저 노아를 돌려보낼까.

조사가 길어진다면 여기 있으라고 하기도 뭔가 미안하다.

케빈 씨에게 그렇게 이야기하고 노아 곁으로 가려고 했을 때, 강아지 귀 여성과 또 눈이 마주쳤다.

어깨까지 오는 파란 머리와 유독 눈길을 끄는 강아지 귀.

“이 세계의 패션 귀는 대단하네…….”

멋쟁이구나. 그렇게 태평하게 중얼거리고 있으니 어째선지 그 여성은 또 노려보고서 등을 돌려 버렸다.

“무슨 일인가?”

멈춰 선 내게 케빈 씨가 물었다.

조금 전에 본 여성에 관해 케빈 씨에게 이야기하자 어째선지 납득하고 고개를 끄덕였다.

"아아, 그 친구 말이지. 조금 까다로운 성격 같아. 조사단 사람들과도 이야기하려 들지 않더군. 으음~ 무인 기질을 지닌 수인이려나?"

"수인……?"

"음? 에릭 씨에게 수인에 관해 못 들었나? 동물의 힘을 지닌 인간, 그게 수인이지."

"네?!"

즉, 머리에 있던 귀는 진짜였단 말이야!?

아니, 확실히 조금 움직였었지만.

"다른 세계에서 온 자네에게는 낯선 존재일지도 모르지만 너무 빤히 쳐다보지는 말게. 그런 걸 싫어하는 모양이니까."

"아, 알겠습니다."

패션인 줄 알고 실컷 쳐다봤다.

몰랐다고는 하지만 무례한 짓을 저지르고 말았다. 이래서야 노려보는 것도 당연하다.

"으음~ 하지만 곤란하게 됐어."

"뭐가 말인가요?"

"그 친구가 자네의 호위를 담당할 기사라네."

"아……."

제 첫인상, 최악일 것 같은데요.

나와 호위 기사의 첫 만남은 최악의 형태가 되어 버렸다.

제5화 고민하는 호위 수인 기사

낮에는 굉장했다.

케빈 씨뿐만 아니라 모든 조사단 사람이 연구자 기질인지 눈에 핏발을 세우며 나와 후우로에 관해 물었다.

『이게 기후마법! 살짝 맛을 보기로 할까요! 음! 아무 맛도 안 나는군요!』

『소규모 구름으로 얼마나 비를 내릴 수 있지? 내 머리 위에 내려주겠나? 응? 젖는다고? 괜찮아, 괜찮아. 연구에 필요한 일이니까!』

『이 아이가 멸종해 버린 마물, 비늑대……! 크으~ 나는 지금 전설의 존재와 마주하고 있어……!』

거의 전원이 이렇게 반응해서 솔직히 지쳤다.

나와 후우로는 줄곧 관찰당해서 정신적으로 녹초가 되었으나, 그런 우리에게 케빈 씨는 이렇게 말했다.

『오늘은 첫날이라 간단한 조사만 했지만, 내일부터는 조금 더 자세히 조사해 나갈 거야. 그럼 내일도 잘 부탁하네!』

참말입니까.

연구자는 내향적일 거라는 이미지를 멋대로 가지고 있었는데 예상과 달리 너무 적극적이었다.

연구 도구를 안고서 싱글벙글 여관으로 돌아가는 그들을 배웅한 나는 어깨를 떨군 채 일단 오두막으로 돌아갔다.

***

"꽤 어두워졌네."

해가 완전히 저문 뒤, 저녁을 먹으러 에릭 씨의 집으로 가려고 오두막을 나섰다.

달빛이 비추는 길을 걸어가려고 한 그때, 옆에 있던 후우로가 오두막 뒤편으로 달려가 버렸다.

"아, 이봐! 왜 그래? 후우로!"

"멍~!"

어쩐지 기쁜 것 같은 기색으로 달려간 후우로가 도착한 곳에는 어제까지 없었던 텐트 같은 것이 있었다.

"……허?"

왜 오두막 뒤편에 텐트가 있지?

전혀 눈치 못 챘다.

긴 나뭇가지를 지지대 삼아 삼각뿔 형태로 만든 텐트인데……. 뭐였더라. 이런 걸 원폴 텐트라고 부르던가?

적어도 사람 한 명이 살기에는 충분한 넓이였다.

상황을 이해하지 못해 멍하니 서 있는 나를 내버려 두고서, 후우로는 그대로 텐트 입구로 다가가 누군가를 부르듯 짖기 시작했다.

"멍! 멍!"

“……응? 누구야?”

졸린 목소리로 말하며 나온 사람은 낮에 마주쳤던 파란 머리 여성이었다.

낮에 봤을 때와는 달리 갑옷을 벗은 여성은 눈을 비비며 텐트에서 나오더니, 꼬리를 흔드는 후우로를 보고 고개를 갸웃했다.

“네가 나를 불렀어?”

“멍!”

“……아아, 그런가. 나는 네 동족이 아니야. 미안.”

“끼잉…….”

“곤란한데. 네 감정은 알겠지만 무슨 말을 하는지까지는 몰라.”

아쉬워하는 후우로를 다정하게 쓰다듬은 여성은 그제야 나를 알아차렸다.

여성은 일순 험악한 표정을 지었다가 어색하게 시선을 돌리고 입을 열었다.

“인사가 늦어서 미안하다. 나는 왕국 기사단의 밀리아 크라리오. 이미 케빈 님께 얘기를 들었겠지만 네 호위를 담당할 거다.”

여성— 밀리아 씨의 말을 듣고 정신을 차린 나는 일단 냉정해진 다음에 실례되지 않도록 자기소개를 하면서 낮에 무례하게 쳐다본 것을 사죄했다.

“처음 뵙겠습니다. 아마미야 하루마라고 합니다. 밀리아 씨, 낮에는 무례한 시선을 보내서 죄송합니다.”

“존댓말 하지 않아도 돼. 수인을 처음 봤다면 그런 반응도 당연하겠지. 그리고 내게도 잘못이 있어."

난데없이 나를 노려봤던 걸 말하는 걸까?

당연히 내가 신기하게 쳐다봐서 노려본 건 줄 알았는데…….

"……그런데 다른 세계에서 왔다는 건 사실이었군. 요즘 세상에 네 나이가 되도록 수인을 못 본 사람이 있다는 건 들어 본 적이 없어."

이렇게 말하는 걸 보면, 수인은 주위에 제법 인지된 존재인 것 같다.

아무튼 서로 자기소개도 했고, 지금 가장 궁금한 눈앞의 텐트에 관해 물어보자.

"근데 이건 뭐야……?"

내가 텐트를 가리키자 밀리아는 잘 물어봤다는 듯 미소 지었다.

머리에 난 귀도 기쁨을 나타내듯 쫑긋쫑긋 움직였다.

"호위를 맡았으니 나는 네 곁에 있어야 해. 무단으로 설치한 건 미안하지만, 오늘이 가기 전에 만들어 뒀어. 낮에 모은 재료와 내 물건으로 만들었는데 어때? 꽤 괜찮지 않아?"

"네, 뭐어……."

의기양양해 보이는 밀리아에게 애매하게 대답했다.

확실히 잘 만들었지만, 거처로 삼기에는 너무 취약할 것 같았다.

"하지만 여기 살기는 좀 힘들지 않을까?"

"근처에 맑은 물이 흐르는 것도 확인했고, 물고기나 산나물이 있으면 식량은 걱정하지 않아도 돼. 무엇보다 숲까지 걸어갈 수 있는 거리인 게 좋아."

“그, 그래……?”

편견이지만, 수인이라서 숲이 가까우면 마음이 편한 걸까?

이렇게까지 해서 호위 받는 것도 뭔가 미안하다.

그러고 보니 아까 모습을 보면 밀리아는 자고 있었던 걸까? 이제 막 해가 지긴 했지만 자기에는 아직 이른 시간이다.

애초에 이 사람이 저녁을 먹었는지도 신경 쓰였다.

“저녁은 벌써 먹었어?”

“아니, 네가 여기 돌아올 때까지 쉬고 있었어. 그리고 밤에 사냥하는 건 위험하니까 아침이 되기까지 기다렸다가 근처 개울에서 생선을 잡아 올 생각이야.”

……너무 야성적이지 않아?

혹시 이 세계의 기사는 이게 보통인가?

아니, 확실히 원래 살던 세계의 자위대도 야생에서 생존하는 기술이 있을 것 같긴 하지만.

그래도 아침까지 공복으로 있기는 힘들 것이다. 평소 식탁에 한 명이 늘어도 문제없을 것 같으니 저녁 식사에 초대해 보자.

“아는 사람 집에 저녁 먹으러 갈 건데 같이 갈래?”

“사양하겠어.”

즈, 즉답?!

혹시 작업을 걸고 있다고 생각한 걸까?

“한 명쯤 늘어도 괜찮을걸?”

“공교롭게도 배가 안 고파서.”

그렇게 밀리아가 말한 순간, 비교적 자기주장이 강한 꼬르륵 소리가 울렸다.

미묘한 표정으로 밀리아를 보자 밀리아는 얼굴을 새빨갛게 물들이며 고개를 숙였다.

참 만화 같은 타이밍이었지만 나로서는 몹시 어색할 뿐이었다.

침묵하고 있으니 밀리아가 약간 떨리는 목소리로 말했다.

"솔직하게 말하지. 나는 무척 배가 고파. 하지만 안 가."

"아니, 누구나 배는 고프니까 창피해할 일이 아니야."

"멍!"

"아, 아니야! 그런 게 아니라! 방금 그건 잊어버려! 당장! 거기 있는 비늑대도!"

당황한 밀리아가 나와 후우로에게 손가락질하며 외쳤다.

그 후 심호흡하여 어떻게든 진정한 밀리아는 내게서 시선을 돌리더니 진지한 표정으로 중얼거렸다.

"지금 말해 두지."

"어?"

"나는, 사실 이곳에 오고 싶지 않았어."

일순 무슨 말을 들었는지 이해하지 못했다.

"나는 왕국을 지키는 기사야. 그런데 이런 시골에……."

그렇게 말한 밀리아를 보고 나는 어떤 말을 건네야 할지 알 수 없었다.

***

"사실은 이곳에 오고 싶지 않았다라……."

밀리아가 한 말과 괴로워하던 표정이 기억에 강하게 남았다.

밀리아는 왕국에서 기사로서 계속 일하고 싶었던 걸까?

나와 십여 미터 이상 거리를 두고 따라오는 밀리아에게 문득 시선을 보냈다.

『나는 호위로서 너를 지켜야 해.』

그런 이유로 따라왔지만 내 시선을 알아차리자 어색한 듯 얼굴을 돌렸다.

"멍!"

"응?"

뒤를 보고 있던 내게 후우로가 짖었다.

정신 차리고 앞을 보니 불 켜진 집이 있었다.

아무래도 생각에 잠겨 있던 동안 목적지에 도착한 모양이다.

"……밥 먹고 나서 생각해도 늦지 않겠지. 너도 배고프지?"

"멍!"

"밀리아도……."

"아니, 여기서 기다리겠어."

완고하네.

억지로 끌고 갈 수도 없는 노릇이니 일단 두고 집에 들어갈까.

집 앞에 서 있는 밀리아를 신경 쓰면서 노크하고 들어가자 평소와 다른 광경이 펼쳐져 있었다.

"에릭 씨~ 가끔은 왕국에 와 주세요~. 에릭 씨가 있으면 순식간에 정리될 일이 잔뜩 있다고요~!"

"에잇, 끈질겨, 케빈! 애초에 자네가 말하는 「정리될 일」에는 제한이 없지 않나! 밤낮없이 일에 쫓기는 생활은 사양이야!"

"그런 말씀 마시고~!"

얼큰하게 취한 케빈 씨가 에릭 씨를 귀찮게 하고 있었다.

그 광경을 멍하니 보고 있으니 리온이 요리를 들고 부엌에서 나왔다.

"응? 하루마. 수고했어."

"어, 응…… 아니, 그게 아니라, 왜 여기에 케빈 씨가?"

"할아버지를 만나러 온 것 같아. 그래서 할아버지가 같이 저녁 먹자고 했는데……."

"저렇게 됐구나."

케빈 씨의 컵에는 와인으로 보이는 것이 따라져 있었고 그것을 케빈 씨는 즐겁게 마시고 있었다.

원래 살던 세계의 동료 중에 술 취하면 울고, 웃고, 들러붙는 주정 3종 세트를 동시에 발동하는 엄청난 녀석이 있었는데 역시 그 정도는 아닌 듯했다.

"오오, 하루마 군이잖아! 자, 여기, 자네도 앉아."

"네……."

케빈 씨가 재촉해서 자리에 앉았다.

그러자 마침 모든 요리가 차려져서 저녁 식사 준비가 끝났다.

"이야~ 리온도 많이 컸어. 네가 성장하는 걸 보면 내가 얼마나 나이를 먹었는지 자각한다니까."

"케빈 씨는 만날 때마다 똑같은 소리를 해."

"그만큼 네가 빨리 성장한다는 거야. 하하하!"

케빈 씨가 끼면서 저녁 식사 자리는 평소보다 떠들썩해졌다.

낮에 얘기했을 때부터 알았지만 케빈 씨는 매우 활기찬 사람이다.

무드 메이커라고 할까, 그저 평범하게 행동해도 자리가 떠들썩해지는 신기한 매력을 가지고 있었다.

……뭐, 그런 케빈 씨를 상대하고 있는 에릭 씨는 약간 초췌한 표정을 짓고 있지만.

"응? 하루마 군, 낯빛이 안 좋은데. 무슨 일 있었나?"

"예?"

내 얼굴을 보고 케빈 씨가 그렇게 말했다.

얼굴에 고민이 나타난 걸까?

"실은……."

나는 밀리아에 관해 케빈 씨에게 얘기해 보기로 했다.

에릭 씨와 리온도 내 말에 귀를 기울였지만, 두 사람의 의견도 들어 보고 싶기에 그대로 이야기를 계속했다.

"흐음~ 하루마 군의 호위 임무를 납득하지 못했던 건가. 그래서 왕국을 출발했을 때부터 줄곧 인상을 쓰고 있었던 거군. 단순히 까다로운 여성인 줄로만 알았어."

"옛날부터 자네는 다른 사람의 기분을 잘 헤아리지 못했으니 말이지."

"그렇단 말이죠~. 연구로 마주하는 게 아니면 아무래도 그런 건 어려워서요."

에릭 씨의 말에 케빈 씨가 쓴웃음을 지었다.

"나는 밀리아 개인에 관해서는 모르지만, 그녀가 있던 부대에 관해서는 알아."

"부대라면 기사로 편성된 팀을 말하는 건가요?"

"그래. 그것도 선별된 실력자로만 편성된 부대야. 부대 이름은 분명…… 크로스에르그 부대였던가?"

「크로스에르그 부대」라는 말에 에릭 씨가 눈을 크게 떴다.

"크로스에르그 부대라면 왕국에서 손꼽히는 기사대잖아."

"에릭 씨, 아세요?"

"왕국 내에서도 긴 역사를 가진 부대로, 구성원이 전부 여성으로만 편성된 특수한 기사대라네. 내 제자가 그곳의 대장인데, 설마 거기서 호위가 올 줄이야."

에릭 씨의 말에 고개를 끄덕인 케빈 씨가 내게 시선을 보냈다.

"그녀가 호위로 파견된 건 비채소를 먹은 왕의 측근 한 명이 하루마 군과 비채소의 중요성을 이해했기 때문이야. 하지만 현재로서는 다른 측근들의 동의를 얻지 못해서 호위를 한 명밖에 못 붙인 거지. 그래서 최대한 실력 있는 기사를 보내려고 한 모양이야."

그렇군. 그렇게 된 건가.

"뭐, 평범하게 생각하면, 먹기만 해도 위험 부담 없이 마법약 수준의 효과를 얻을 수 있는 이상성을 이해 못 할 리가 없지만 말이네."

"에릭 씨, 너무 그렇게 말씀하지 마세요. 인간은 나이를 먹으면 융통성이 없어지고 시야가 좁아지니까요."

"케빈, 어째서 나를 보며 말하는 거지?"

"다른 뜻은 없습니다. 네, 그럼요."

""……""

로브 소매를 걷는 에릭 씨와 술병을 잔뜩 껴안고 도망칠 준비를 하는 케빈 씨.

그런 두 사람에게 리온이 싸늘한 시선을 보냈다.

"둘 다 난리 칠 거면 나가."

""죄송합니다.""

리온이 그렇게 말하자 어른들은 얌전히 자리에 앉았다.

무서운 리온.

역시 식생활을 장악하고 있는 존재는 격이 달랐다.

에릭 씨는 식은땀을 흘리며 약간 떨리는 목소리로 내게 말했다.

"밀리아 양이 호위 임무를 납득하지 못했어도 그 실력은 그녀의 경력이 증명해. 그러니까 안전 면으로는 안심해도 좋네."

"그, 그렇게나 대단한 사람이었군요……."

갑자기 오두막 뒤편에 텐트를 치고 서바이벌 생활을 하려고 들어서 조금 엉뚱한 사람인 줄 알았는데, 에릭 씨가 실력을 보장할 정도라니…….

"그러나 호위로 온 기사와 불화가 있다니 좋은 일은 아니야. 하지만 하루마 군을 싫어하는 건 아닐 걸세."

"어? 그런가요? 당연히 싫어하는 줄 알았는데……."

"그렇다면 자네와는 꼭 필요한 대화만 했겠지. 하루마 군, 정말로 싫어하면 만나려고 하지도 않는다네."

그 말을 듣고 에릭 씨와 랑그롱 씨를 떠올렸다.

두 사람은 만날 때마다 서로를 헐뜯지만 사이가 나쁘지는 않았다.

"아마 그녀는 하루마 군이 마음에 안 드는 것이 아니라 이 마을…… 아니, 시골에 파견된 것이 불만스러운 걸 거야. 게다가 그 호위 임무가 장기 임무라면……."

"아아, 그렇군요."

거기까지 설명을 듣고 나도 겨우 이해했다.

밀리아는『좌천』당했다고 생각하고 있을 것이다.

"하루마."

"응? 왜?"

리온이 불러서 고개를 들었다.

언제 준비했는지 리온은 손에 도시락 같은 통을 들고 있었다.

"밀리아 씨, 밖에 있지?"

"응."

"그럼 오늘 저녁을 도시락에 담았으니까 전해 줄래? 밀리아 씨, 배고플지도 몰라."

리온의 말에 일순 얼떨떨해졌지만 바로 고개를 끄덕였다.

"그래, 알겠어."

역시 다정한 아이라고 생각하며 나는 리온에게 도시락을 받았다.

밀리아의 처지와 고민을 내가 어떻게 해결하기는 어려울 것이다.

하지만 가능한 한 친해지고 싶다.

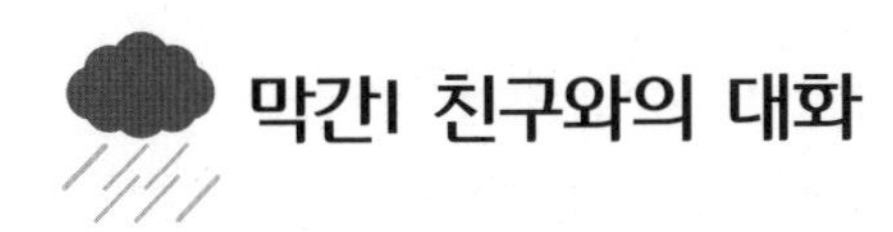

막간| 친구와의 대화

오랜 친구와 오랜만에 마주하면 대화가 활기를 띤다.

그동안 쌓인 이야기, 여행 중에 있었던 이야기, 그런 화제를 술안주 삼아 떠드는 것이 보통이지만 이 남자는 아니었다.

"이야~ 랑그롱도 오랜만에 보네요~. 마지막으로 본 게 5년 정도 전이니."

케빈 유자리아.

랑그롱 군과 마찬가지로 내 친구이자 왕국에서 손꼽히는 괴짜이기도 했다.

그런 그와 함께 랑그롱 저택을 찾았는데, 여기 오기까지 케빈은 끊임없이 떠들어 내 신경을 갉아먹었다.

"케빈, 조용히 좀 하게……."

"어이쿠, 실례. 오랜 친구와 술잔을 기울일 수 있는 게 너무 기뻐서 흥분한 모양입니다."

솔직히 흥분하기 전이나 지금이나 자네의 언동은 똑같은 것 같네만.

그렇게 지적해도 이 남자는 듣지 않을 테니, 오늘만 몇 번째인지 알 수 없는 한숨을 쉬며 랑그롱 저택의 문을 두드렸다.

그러자 랑그롱 저택의 집사, 제스 군이 문을 열어 줬다.

"어서 오십시오, 에릭 님, 케빈 님. 주인님께서 기다리십니다."

안내받아 랑그롱 군이 기다리는 응접실로 이동했다.

"이야~ 이 저택에는 처음 와 봤는데 좋은 곳이네요."

"케빈. 알고 있겠지만……."

"알고 있습니다. 하지만 그런대로 넓어서 실험하기 좋을 것 같아요~."

……정말로 알고 있는 것인지 걱정된다.

이 남자는 돌발적으로 행동할 때가 있어서, 옆에서 보고 있으면 그의 언동에 조마조마해진다.

케빈의 행동을 주의 깊게 살피며 저택을 걸어갔다.

그렇게 들어간 응접실 테이블에는 간단한 요리와 척 보기에도 고급스러운 술이 준비되어 있었다. 자리에 앉아 기다리던 랑그롱 군이 나와 케빈에게 시선을 보냈다.

"오랜만이야, 랑그롱."

"결국 와버리고 말았군……."

케빈의 모습을 보고 랑그롱 군은 크게 어깨를 떨궜다.

왕국에 있을 때 케빈에게 가장 휘둘린 사람은 랑그롱 군이라고 해도 과언이 아니니, 이 반응도 어쩔 수 없었다.

제스 군에게 안내받아 자리에 앉은 우리는 다시금 얼굴을 마주 보았다.

"뭐, 거기 있는 영감탱이는 몰라도 오랜만에 만나는 거잖아. 친구로서 같이 술이라도 마시자 싶어서 말이야. 조촐하게나마 요리도 준비했어."

"영감탱이라는 말은 빼."
"쌍인 얘기도 있으니 말이지."
우리 사이에 특별히 인사말도 필요 없기에 그대로 술잔치가 시작됐다.
"네가 내 저택에 오는 건 처음이지?"
"그렇지. 나는 기본적으로 왕국에 처박혀 있으니까 이렇게 멀리 나오는 것도 굉장히 오랜만이야."
"연구열은 건재한 모양이야……."
"물론이지. 오히려 내게서 이 열의가 사라지면 그건 더 이상 내가 아니야."
힘이 쭉 빠지게 웃으며 케빈이 그렇게 말해서 나는 작게 고개를 끄덕였다.
적어도 나는 이 남자가 연구에 흥미를 잃은 모습을 전혀 상상할 수 없었다.
연구라고 하니 생각났는데…… 하루마 군에 관한 조사는 잘 되고 있을까?
"조사는 어떤가?"
"순조롭지만…… 아직 알 수 없는 부분이 많습니다. 솔직히 고작 며칠 조사하는 것 가지고는 한계가 있어요."
"너한테도 비채소는 그만큼 정보를 얻고 싶은 대상인가."
랑그롱 군의 말에 케빈이 고개를 끄덕였다.
"애초에 비채소 자체의 종류가 많기도 하지만, 마력을 다분히 포함

한 비로 성장한다는 게 실로 흥미로워. 그 밖에 이것저것 조사하고 싶은 점도 있지만 지금은 시간이 없으니, 하루마 군의 기후마법과 비늑대 관찰, 그리고 밭의 데이터를 얻는 것 정도밖에 못 하려나."

"하루마를 너무 귀찮게 하지 마. 네가 엉겨 붙으면 진짜 피곤하니까."

케빈에게 휘둘리던 때를 떠올렸는지 랑그롱 군이 얼굴을 찌푸렸다.

그 모습을 보고 크게 웃은 케빈은 들고 있던 술을 들이켜고 즐겁게 입을 열었다.

"설마 잃어버린 작물인 비채소를 재배할 수 있는 인간이 정말로 있을 줄은 몰랐습니다. 게다가 그게 우천 기후마법사고 다른 세계에서 온 인간이라니. 관심이 안 가는 게 이상하죠."

"자네에게 하루마 군은 미지의 정보가 가득 담긴 보물 상자 같은 존재려나?"

"맞습니다. 아~ 앞으로도 한 달은 더 여기 붙어서 연구하고 싶은데……."

그렇게 되면 여러 가지로 고생하게 될 것 같다.

주로 하루마 군의 정신적인 면으로.

"네가 보기에 왕국 측은 비채소와 하루마를 어떻게 인식하고 있는 것 같아?"

랑그롱 군이 케빈에게 그렇게 질문을 던졌다.

"현재로서는 비채소와 하루마 군을 귀중한 존재로서 지켜야 한다는 의견이 절반, 고작 채소 따위에 인원을 할애할 수는 없다는 의견이 절반이지."

"뭐, 그렇겠지. 윗선에는 융통성 없는 녀석들이 있으니까. 거기 있는 영감탱이처럼 말이야."

"랑그롱 군, 오히려 독불장군은 자네 아닌가? 음? 설마 몰랐나?"

"……."

"……."

말없이 서로를 노려보길 몇 초.

술자리에서 평소처럼 싸우는 건 역시 꼴사납다고 자각했기에 심호흡하여 침착함을 되찾았다.

"두 사람은 여전하네. 나도 일단은 반대파에게 비채소의 희소성을 설파하고 있지만, 그래도 듣질 않아서 말이야. 하루마 군이 보낸 비양배추도 철저히 안 먹겠다고 하니 어지간히 마음에 안 드나 봐."

"맙소사, 그걸 안 먹었다고?"

"아까운 짓을 하는 녀석들도 다 있군."

고집을 부리는 것인지 깔보고 있는 것인지 모르겠지만, 그 상상을 초월하는 맛을 경험할 기회를 포기하다니 어리석다.

"뭐, 비양배추를 직접 먹어 보면 하루마 군과 비채소가 얼마나 중요한지 다들 알게 될 테니까 괜찮겠죠."

"그런가. 다행이야."

"저도 하루마 군의 앞날이 참을 수 없이 기대되니 힘껏 밀어줄 생각입니다."

완전히 비채소의 포로가 됐군.

즐거워하는 케빈을 보고 웃으며 나도 술을 마셨다.

"근데 너는 변함없구나, 케빈."

턱을 괸 랑그롱 군이 케빈에게 말했다.

"음? 그런가? 나도 꽤 늙었다고 생각하는데."

"아니, 그런 의미가 아니라. 자기 연구에만 관심 있는 것 말이야. 너, 아직 결혼도 안 했지?"

"어? 했는데?"

""……""

일순 침묵이 공간을 지배했으나, 케빈의 말을 이해한 순간, 나와 랑그롱 군의 입에서 경악에 찬 목소리가 나왔다.

""뭐?!""

"에릭 씨까지, 그렇게 놀랄 일인가요?"

"아니, 어느새…… 어? 정말로?"

내가 동요를 감추지 못하자 케빈은 쑥스러운 듯 웃었다.

"아내도 저와 마찬가지로 연구자인데……. 그런 건 절차만 끝내고 말아서 주변 사람들도 잘 모릅니다."

"아아, 그랬군."

케빈과 똑같은 타입인가.

부부 사이는 원만할 것 같다.

하지만 당연히 놀랐다. 나도 케빈은 옛날과 똑같다고 생각했지만, 그에게도 변화가 있었던 것이다.

"아~ 너무 놀라서 술이 깨 버렸어. 제스, 술을 더 갖다줘."

"나도 부탁하네."

"알겠습니다."

제스 군이 술을 준비하는 동안 테이블에 차려진 요리를 먹고 있으니 케빈이 나와 랑그롱 군을 보고 감회가 새롭다는 표정을 지었다.

"이야~ 우리도 늙었네요."

"영감탱이, 늙었대."

"자네도 마찬가지야. 그래도 내가 보기에 자네들은 충분히 젊어. 뭐, 랑그롱 군보다는 오래 살 생각이지만."

자신이 늙었다고 자각하는 만큼, 하루마 군 같은 젊은이가 노력하는 모습을 보면 무심코 예전의 자신을 떠올리고 만다.

마법이라는 분야에 심혈을 기울이던 젊은 날의 자신과 농사에 몰두하는 하루마 군을 겹쳐 보게 되는 것이다.

그렇기에 지켜보고 싶다는 기분이 든다.

"나이를 먹었기에 가능한 즐거움이려나."

젊었을 때는 스스로 뭔가를 이루는 것이 기뻤으나, 지금은 열심히 노력하는 젊은이를 지켜보고 싶었다.

"영감탱이가 영감탱이 같은 소리를 하고 있어."

"역시 좀 노인네 같네요."

두 중년이 태평하게 술을 마시며 그렇게 말했다.

"그런가, 알겠네. 거기 두 사람, 밖으로 나와."

늙기는 했지만 싸움으로는 아직 자네들에게 안 져.

제6화 새로운 목표를 가슴에

조사단이 온 지 일주일.

그동안 내 일상은 한층 분주해졌다.

내 기후마법 조사, 후우로의 생태 조사, 비양배추 채종의 데이터 수집 등 끊임없이 질문하는 케빈 씨와 조사원들 때문에 체력적으로도 정신적으로 지쳐 버렸다.

그리고 호위로 온 밀리아.

밀리아는 호위로서 확실하게 일했다.

조사받는 나와 후우로 근처에서 지켜보는 게 다였지만.

다만 뭐랄까, 자연체인데 늘 주위를 살피고 있는 것 같았다. 싸움이나 격투에 관해서는 문외한인 나도 알 수 있을 정도니 정말로 대단했다.

하지만 필요 이상으로 대화하려고 하지는 않았다.

조사단이 오기 전에 새로운 비채소 재배를 시작하지 않길 잘했다고 새삼 생각했다. 만약 시작했다면 분명 밭일에 집중하지 못했을 테니까.

그러나 조사단이 온 것은 내게 나쁘기만 한 일은 아니었다.

"이게 에릭 씨에게 부탁받은 도구야. 이야~ 늦게 전달하게 돼서 미안하네. 뒤이어 발송시켰는데 도착하기까지 시간이 걸려 버렸어."

"아뇨, 감사합니다!"

마을 여관 앞에서 나는 케빈 씨에게 어떤 물건을 받았다.

이곳에는 조사단을 호위하는 기사도 상주하고 있어서 밀리아에게는 먼저 밭에 돌아가라고 했다.

"짚과 고기잡이에 쓰는 그물. 이거면 되나?"

"네. 이로써 새로운 비채소 재배를 시작할 수 있어요."

마차에 대량의 짚과 그물이 쌓여 있었다.

이로써 새로 키울 비채소에 필요한 도구가 마침내 모두 모였다.

"새로운 비채소라. 실로 흥미로워. 매~우 흥미로워. 하지만 나중에 시작할 거지?"

"그렇죠. 지금은 비양배추 씨앗이 먼저예요."

"그것도 신경 쓰여서 괴로워!"

그 정도인가요.

케빈 씨가 하늘을 보며 그렇게 외쳐서 쓴웃음을 지었다. 정말로 연구열이 대단한 사람이다.

"조사 기간이 일주일뿐이라니 너무 짧다고 생각하지 않나? 조사하고 싶은 것이 아직도 산더미 같은데."

"아, 아직도 더 있나요?"

"당연하지. 우천 기후마법도 비늑대도 우리에게는 미지로 똘똘 뭉친 존재니까. 아무리 조사해도 부족할 정도야."

웃으며 그렇게 말하는 케빈 씨를 보고 어색하게 웃었다.

“그런데 돌아가야 한다니……. 더 조사하고 싶다고…….”

일변하여 케빈 씨가 우울해하기 시작했다.

조금 불쌍하다고 생각한 나는 어떤 제안을 하기로 했다.

“그럼 오늘 보고 가시겠어요? 비양배추 채종 작업.”

“어? 그래도 될까?!”

“네. 얼마 전에 씨앗 꼬투리가 다 생겨서 비를 그쳤거든요. 지금쯤 비양배추가 딱 알맞게 시들었을 테니 꼬투리를 수확할 수 있을 거예요.”

일주일간 줄곧 비양배추에 집중했다.

조사 때문에 다른 작업이 정체되기도 했지만, 그만큼 신경을 써야 하는 작업이었기 때문이다.

“케빈 씨도 출발해야 하니 시간이 빠듯하다면…… 어라, 없어?!”

『이~봐! 나는 잠깐 하루마 군의 일을 보고 올 테니까 귀환 준비를 부탁해~!』

『『네?!』』

“어, 어느새…….”

잠시 안 본 사이에 케빈 씨가 사라졌다 싶었는데 여관 안에서 케빈 씨의 목소리와 조사단 사람들이 불만스러워하는 목소리가 들렸다.

허둥지둥 여관에서 나온 케빈 씨는 무거워 보이는 배낭을 고쳐 메고 밭쪽을 가리켰다.

“자, 뭐 하는가, 하루마 군! 어서 가지!”

“네…….”

진심이 된 연구자의 행동력은 무시 못 한다.

즐거워하는 케빈 씨를 보고 새삼 그렇게 생각했다.

***

케빈 씨에게 끌려가는 형태로 밭에 가자 노아와 밀리아가 기다리고 있었다.

비양배추 꼬투리를 수확할 거라 미리 노아를 불러 뒀다.

솔직히 내가 어렴풋이 기억하는 지식만 가지고 수확하면 위험할 것 같아서 노아의 지혜도 빌리기로 한 것이다.

"어라, 케빈 씨도 왔네."

"응. 조사단 사람들은 오늘 왕국에 돌아가니까, 적어도 꼬투리를 수확하는 모습이라도 보여 주려고."

"그렇구나. 알겠어."

며칠 전부터 비를 주지 않은 비양배추 쪽으로 걸어갔다.

자라는 데 필요한 영양이 끊긴 비양배추는 꽃이 시들고, 선명했던 초록색과 노란색도 갈색으로 바뀌어 있었다.

꼬투리를 따기 위해 필요한 과정이기는 하지만 조금 불쌍했다.

그렇게 생각하는 내게 노아가 바구니를 건넸다.

"자, 하루마. 여기에 넣어."

"오, 고마워."

비양배추의 씨앗이 담긴 꼬투리는 길쭉한 풋콩과 비슷하게 생겨서 잘못 볼 걱정은 없었다.

작업은 매우 단순했다. 최대한 꼬투리가 망가지지 않도록 따기만 하면 됐다.

갈색이 된 줄기를 보며 뒤에 있는 케빈 씨에게 말했다.

"케빈 씨, 어쩌면 상당히 지루한 작업이 될 텐데 그래도—."

"하루마. 케빈 씨는 이미 관찰에 들어갔어."

"어?"

노아가 가리킨 곳을 보니 어느새 케빈 씨가 시든 비양배추 앞에서 스케치를 하고 있었다.

"오오! 이게 비양배추의 시든 상태인가. 싱싱한 상태는 조사했지만, 시든 모습도 연구 의욕을 불러일으키는군!"

"케빈 씨에게는 지루하지 않을 것 같아."

"그러게……."

변함없는 케빈 씨의 모습에 멍해졌다.

"음, 아직도 연구할 것이 잔뜩 있어! 왕국에 돌아갈 때가 아니야……. 하지만 연구소에는 다른 연구가 산적해 있다는 이 딜레마아아아!"

나와 노아는 케빈 씨의 비통한 외침을 들으며 비양배추 꼬투리를 수확해 나갔다.

그리고 특별한 일 없이 수확을 끝낸 우리는 통풍이 잘되는 오두막 바깥에 수확한 꼬투리를 널고 오늘의 작업을 마쳤다.

***

케빈 씨가 우리의 작업을 끝까지 본 후, 조사단은 왕국으로 돌아가게 되었다.

일주일간 알게 된 조사단 사람들과 작별 인사를 나누며 배웅하고 있으니 케빈 씨가 괴로운 표정을 지으며 내 양손을 잡았다.

“하루마 군!”

“앗, 네.”

“앞으로도 비채소를 열심히 재배해 주게! 자네가 가꾸는 비채소는 우리 삶의 보람이 될 수도 있는 존재야!”

“너무 거창하지 않나요……?”

하지만 케빈 씨의 뒤에 있는 부하들이 고개를 가로저었다.

어? 정말로 삶의 보람이 된 거야?

이건 격려가 아니라 오히려 압박으로 느껴지는데요.

그렇게 케빈 씨와 조사단 사람들을 태운 마차는 왕국을 향해 달려갔다.

멀어지는 마차를 바라보며 나는 같이 배웅하러 와 준 노아에게 말했다.

“조금 쓸쓸해지겠어.”

“그러게. 조금 시끄러웠지만, 이 마을에는 없는 타입의 기운찬 사람들이었어.”

확실히 원래 살던 세계에서도 케빈 씨와 조사단 사람들처럼 진심으로 자기 일을 즐기는 사람은 거의 본 적이 없었다.

조금 당혹스러울 때도 있었지만, 연구에 대한 그들의 열의는 진짜였다.

"그럼 꼬투리도 수확했으니 다음 비채소 재배를 시작할까."

"다음은 뭘 키울 거야? 아까 보여 준 도구는 멀칭용 짚이랑, 오이 같은 채소의 덩굴을 감는 그물이랑, 토마토 같은 채소의 지지대로 쓰는 막대기지?"

"그, 그렇지……."

어, 어라라?

뭘 키울지 깜짝 발표로 가르쳐 줄 생각이었는데 이미 3분의 2를 간파당했어……?

"아, 아무튼 뭘 키울지는 비밀이야……. 자, 드디어 두 번째 비채소 재배에 착수할 계획이 섰어."

"이래저래 비양배추를 수확하고 간격이 생겨 버렸네. 뭐, 그만큼 재배 환경을 갖추는 게 어려운 비채소이기도 하겠지만."

"맞아. 이번에 재배할 비채소는 비양배추 때보다도 신경을 써야 해."

하지만 신기하게도 해내자는 기분이 들었다.

새로운 일에 도전하는 즐거움을 비양배추를 통해 알게 된 지금, 이제부터 시작될 새로운 비채소 재배도 참을 수 없이 기대되었다.

"좋아, 힘내자!"

새로운 밭 앞에서 나는 다시금 그렇게 결의를 표명했다.

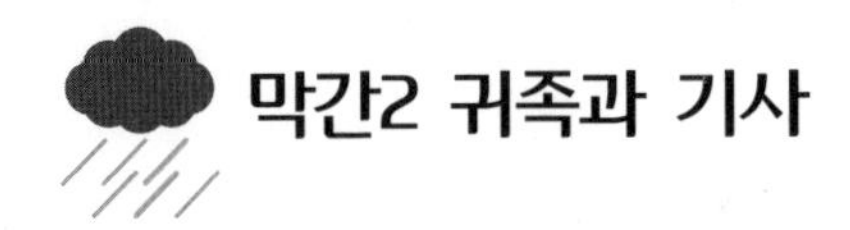

막간2 귀족과 기사

하루마에게 왕국에서 온 호위가 붙었다.

이름은 밀리아 크라리오라는 모양인데, 그녀는 왕국에서도 유명한 크로스에르그 부대에 소속된 기사라고 했다.

왕국에 관해서 자세히 모르는 나도 아는 기사대에 소속된 그녀의 실력은 의심하지 않지만, 하루마의 호위 임무를 긍정적으로 생각하지 않는다고 리온에게 들었다.

나는 그런 그녀와 한번 이야기해 보고 싶었다.

"하루마~ 나 왔어~. ……없네?"

조사단이 왕국에 돌아가는 날.

하루마가 불러서 밭에 갔지만 하루마는 보이지 않았다.

어쩌면 아직 에릭 씨의 집이나 마을에 있을지도 모른다.

그렇다면 엇갈렸나.

"뭐, 기다리고 있으면 곧 오겠지."

그동안 비양배추의 상태를 확인하자고 생각하다가, 하루마가 사는 오두막 뒤편에 있는 나무 막대와 천으로 만든 기묘한 집 같은 것을 보았다.

뭘까 싶어서 가까이 가 보니 그 근처에서—.

"옳지, 똑똑하구나."

"끼잉~."

"그래? 기분 좋아? 착하다."

호위 기사인 밀리아 씨가 후우로를 쓰다듬고 있었다.

턱을 만져 주는 손길에 축 늘어져 있는 후우로를 힐끗 보고 나는 밀리아 씨에게 다가갔다.

"반가워, 밀리아 씨. 이렇게 얘기하는 건 처음이지?"

"……아, 처음 뵙겠습니다. 아마미야 하루마의 호위로 파견된 밀리아 크라리오라고 합니다. 노아 랑그롱 님."

"그냥 노아라고 불러."

"그, 그럼, 노아 씨……."

나로서는 좀 더 허물없이 대해 줬으면 좋겠지만 강요는 좋지 않겠지.

"하루마 어디 갔는지 알아?"

"케빈 님이 묵는 여관에 갔습니다."

"어? 밀리아 씨는 같이 안 가도 돼?"

그렇게 말하자 밀리아 씨는 어깨를 흠칫 떨더니 시무룩해졌다.

"그쪽에도 기사가 있으니 먼저 돌아가도 된다고 해서……."

……이건 그거구나.

하루마는 이상하게 배려하는 구석이 있으니까, 밀리아 씨를 대기시키는 게 미안해서 가벼운 마음으로 말했을 것이다.

하지만 호위하러 온 밀리아 씨 입장에서는 자신이 필요 없다고 들렸을지도 모른다.

나는 풀이 죽어서 후우로를 쓰다듬는 밀리아 씨에게 말했다.

"있지, 밀리아 씨. 잠깐 얘기 안 할래?"

"상관없습니다만……."

실은 수인과 처음 얘기해 봐서 어떤 대화를 할 수 있을지 조금 기대되기도 했다.

"밀리아 씨는 몇 살이야?"

"스물네 살입니다."

어? 의외다.

내 또래거나 조금 많은 정도일 줄 알았다.

뜻밖의 사실에 놀라며, 아까 후우로와 노는 모습을 보고 궁금했던 점을 물어보았다.

"후우로가 무슨 말을 하는지 알아?"

"아뇨, 말은 모르지만 이 아이의 감정은 알 수 있습니다."

"감정?"

"기쁘거나 화가 났거나 그런 거요."

감정이라도 알 수 있으면 여러 가지로 편리할 것 같다.

"저기, 저도 여쭈어도 될까요?"

"응? 그럼, 물론이지."

"……하루마는 화내지 않았습니까?"

"어? 어째서?"

"지난번에 제가 그에게 심한 말을 해서……."

심한 말……?

태평하게 밭일하는 하루마의 모습만 기억났다. 짚이는 바가 전혀 없었다.

……아니지, 혹시 리온에게 들은 그 얘기인가?

"여기 오고 싶지 않았다고 하루마에게 얘기했던 거 말이야?"

"……?!"

굉장히 알기 쉽게 얼굴에 나타났다.

어떻게 그걸 알았냐는 듯 놀란 표정을 지은 밀리아 씨를 안심시키기 위해 나는 미소 지었다.

"그런 거, 하루마는 조금도 신경 쓰지 않을 거야. 일주일간 하루마와 함께 있었던 당신이라면 알 텐데?"

"하, 하지만……. 새삼 생각해 보니 호위 대상인 그에게 터무니없는 말을 한 것 같아서 줄곧 신경이 쓰였습니다."

"그런 일로 화내는 다혈질이었다면 애초에 채소는 못 키워. 농부에게는 인내, 끈기, 근성이 필요하니까."

진심으로 하는 소리라는 걸 알았는지 고개를 숙인 밀리아 씨가 중얼거렸다.

"……일주일간, 조사단 사람들에게 둘러싸여 밭일하는 그를 보았습니다. 아무리 바빠도 정면으로 밭과 마주하는 모습은 솔직히 대단하다고 생각했습니다."

"뭐, 자기 자신에게 엄격하게 일하니까……."

"하지만 제게 보이는 건 그게 다였습니다."

이어진 밀리아 씨의 말에 말문이 막혀 버렸다.

실제로 마을에서 채소를 가꾸는 내게도 충격적인 말이었기 때문이다.

“저는 농사와는 상관없는 인생을 살았습니다. 철들었을 때부터 검을 쥐고 기사가 되겠다는 목표로 수련을 계속해서…… 마침내 영예로운 크로스에르그 부대에 입대하게 되었습니다.”

“…….”

“저는 너무 기뻐서 들떴습니다. 크로스에르그 부대는 일반적인 기사와는 달리 중요한 임무를 많이 맡는 부대이기도 했습니다.”

소문은 들은 적이 있다.

크로스에르그 부대는 실력이 뛰어나서, 흉포한 마물 토벌이나 왕국의 요인 경호를 맡을 만큼 신뢰받고 있다고 했다.

그런 부대에 들어가게 되었다면 확실히 들떠도 이상하지 않았다.

“하지만…… 대장님은 갑자기 제게 우천 기후마법사라는 아마미야 하루마를 호위하라고 하셨습니다.”

“그랬구나…….”

“호위 임무가 싫은 것은 아닙니다. 하지만 동료들이 왕국에서 다른 임무를 수행하는 동안 저는 이곳을 떠날 수 없다는 것이 무엇보다 괴롭습니다.”

……뭐라고 말하면 좋을지 모르겠다.

기운 내라고 안일하게 말할 수는 없었다.

“하루마에게도 노아 씨에게도 죄송한 마음입니다. 저는 제가 여기 오게 된 이유인 비채소를 그다지 좋게 여기지 않습니다. 그렇게 생각하지 않으면 호위 대상인 하루마까지 싫어하게 될 것 같아서……."

비채소와 하루마를 지키기 위해 왕국에서 온 기사, 밀리아 크라리오 씨.

비채소에 대한 그녀의 감정은 결코 좋지 않았다.

제7화 새로운 비채소 재배

오늘은 새로운 비채소 재배를 개시하는 날이다.

리온과 노아도 도와주러 왔고, 호위 밀리아도 비채소 씨앗을 심는 자리에 함께하게 되었다.

며칠 방치해 버린 새로운 밭에 삽을 꽂은 나는 이마에 맺힌 땀을 닦으며 비로 밭을 적셔서 사전 준비를 했다.

밭에 비가 충분히 내릴 동안 리온과 노아에게 설명해 두자.

"그럼 지금부터 무슨 비채소를 심을지 가르쳐 줄게."

노아와 리온은 고개를 끄덕였고 밀리아는 복잡한 표정으로 밭을 보았다.

아직 밀리아와 친해지지 못한 현재 상황을 답답하게 여기면서도 나는 근처 의자에 올려 뒀던 『비채소의 극의』를 집어 들었다.

"맨 처음은 비양배추였지만, 다음에는 비토마토와 비오이, 그리고 비수박, 이렇게 세 가지 비채소를 재배할 거야."

"그렇게 한꺼번에 시작해도 괜찮겠어?"

노아의 말에 고개를 끄덕였다.

"키우는 종류는 많지만 밭의 넓이는 지난번과 똑같으니까 괜찮아."

지난번과 똑같은 넓이의 밭에 재배할 장소를 나눠서 심는 것이니 작업이 그렇게 많아지지는 않는다.

뭐, 신경 쓸 점은 많아질 것 같지만.

이어서 리온이 고개를 갸웃하며 질문했다.

“어라? 하지만 수박은 과일 아니야?”

“아아, 그건…….”

“과일이란 것은 나무에 맺히는 열매를 말하는 것이니까, 그렇지 않은 수박은 과일이 아니라 채소로 취급하는 모양이야.”

리온에게 해설하려고 했으나 나보다 먼저 노아가 선수를 쳤다.

“하지만 과일이기도 하다고 말하는 사람도 있고, 그 부분은 꽤 애매모호해.”

“아, 그렇구나. 하루마도 알고 있었어?”

“그, 그래, 물론이지.”

어쩌지, 특별히 이유도 없이 「수박=채소」라고 단정 짓고 있었다고는 말 못 한다.

동요가 얼굴에 드러나지 않도록 조심하며 『비채소의 극의』에 끼워 뒀던 작은 주머니를 세 개 꺼냈다.

동글동글한 하얀 씨앗이 비토마토.

하얀 타원형 씨앗이 비오이.

그리고 일본인이라면 누구나 익숙할 검은색 씨앗이 비수박이다.

그것들을 노아와 리온에게 보여 주며 삽을 들고 어디에 뭘 키울지 정했다.

“이번에도 5열 밭을 만들었는데, 비양배추 때와는 달리 이번에는 키울 작물에 따라 세 구획으로 나누기로 했어.”

먼저 밭의 3분의 2 부분에 선을 그었다.

줄을 분단하는 형태가 되지만, 수박을 재배하려면 이 정도 넓이가 필요했다.

"수박은 이 정도지."

"이렇게 넓게 만들어?"

"수박은 옆으로 덩굴을 뻗으며 성장하는 채소라서 꽤 넓은 구역이 필요해. 그리고 여기 남은 부분에 비토마토와 비오이를 심을 거야."

대충 비토마토가 세 줄, 비오이가 두 줄 정도려나.

그렇게 생각하며 선을 긋고 있으니 노아가 말했다.

"하루마, 오이 말인데…… 그, 괜찮겠어?"

"응? 뭐가?"

"오이는 섬세한 채소라고 하니까, 조금 걱정돼서."

"아아……."

이 아이는 정말로 자세히 아는구나.

어릴 적에 부모님이 오이는 섬세한 채소라고 말씀하신 적이 있었다.

하얀 가루 같은 곰팡이가 잎에 생기는 『백분병』에 걸리거나 벌레가 균을 옮기는 등 간단히 병든다고 했다.

"그 점은 아마 걱정 안 해도 될 거야. 그걸 생각해서 비오이 구역을 좁게 잡았으니까."

"그래? 당신이 알고 있다면 괜찮겠지."

"나는 너의 풍부한 지식이 놀라워."

"날 누구라고 생각하는 거야? 웬만한 채소에 관해서는 알고 있어."

당신, 농부가 아니라 귀족이죠……?

하긴, 늘 그랬다고 납득한 나는 씨를 뿌릴 준비에 착수했다.

비토마토를 심을 곳을 삽 끝으로 푹푹 찔러 표시했다.

"그럼 리온이랑 노아는 비토마토 씨앗을 부탁해. 심는 깊이는 비양배추 때와 같지만 약간 길게 간격을 띄워야 해. 그러니까 표시한 곳에 씨앗을 심어 줘."

""네~.""

씩씩하게 대답하는 두 사람에게 비토마토 씨앗이 든 주머니를 건넸다.

"노아, 리온은 아직 작업이 익숙하지 않을 테니까 네가 봐줘."

"응, 알겠어."

"고마워. 나는 비오이 씨앗을 심고 올게."

비토마토를 노아와 리온에게 맡기고 나는 비오이 씨앗을 심는 작업으로 넘어갔다.

그러면서 우리가 일하는 모습을 밭 바깥에서 보고 있던 밀리아와 시선이 마주쳤다.

"밀리아, 너도 심어 볼래?"

"……나는 호위다. 그러니까, 그…… 사양하겠어."

밀리아는 껄끄러워하며 내게서 시선을 돌렸다.

어쩔 수 없는 반응인가. 밀리아가 왕국에서 좌천됐다고 생각하게 된 원인이 다름 아닌 나 자신과 비채소니까.

밀리아의 말에 고개를 끄덕인 나는 숲에 숨어 있을 써니래빗을 떠올렸다.

그 토끼들이 새로운 사냥감인 비채소를 키우기 시작한 날에 오지 않을 리가 없다.

솔직히 후우로만으로는 수행을 쌓은 토끼들을 상대하기 역부족이었다.

"밀리아, 후우로랑 같이 숲 쪽을 봐 줄래?"

"알겠다. ……그런데 뭔가 습격해 오는 건가?"

"그래. 비채소를 노리는 마물이 있어. 네가 그걸 쫓아내거나, 가능하다면 잡아 줬으면 해."

"호오, 어떤 마물이지?"

흥미가 생겼는지 머리에 난 귀가 살짝 움직였다.

어떤 반응이 돌아올지 궁금해하며 질문에 대답했다.

"써니래빗이야."

"……뭐?"

밀리아는 맥이 빠진 듯 얼굴을 찌푸리고 이마를 짚었다.

"하루마, 써니래빗이라면 주변에서 흔히 볼 수 있는 토끼와 별반 다를 바 없잖아. 그렇게까지 경계할 만한 마물이라는 생각은 안 드는데."

""안일해!!""

"멍!!"

나, 노아, 그리고 후우로가 함께 외쳤다.

"히엑?!"

방심하고 있던 밀리아는 갑작스러운 질타에 경악한 표정을 지었다.

"밀리아, 그 녀석들은 써니래빗이면서 써니래빗이 아니야. 그건…… 악마야."

"아니, 무슨 말인지 모르겠다만?!"

"일단 상대해 보면 알 거야. 그 녀석들은, 우리 농가의 천적이야."

"노아 씨는 귀족 아닙니까……?"

"멍!"

"화가 났다는 건 알겠는데, 무슨 말을 하고 싶은지 전혀 모르겠어!"

노도와 같은 기세로 태클을 건 밀리아는 약간 지친 표정을 지었다.

으음, 확실히 말만 들어서는 모르겠지.

나도 그랬지만, 밀리아도 그 녀석들의 귀여운 생김새에 속아서 굴욕을 맛보진 않을까 걱정이다.

"아, 알겠어. 나는 이 아이와 함께 숲 쪽을 감시하지……."

"우리의 뒤를 맡길게."

"부탁해. 네가 최후의 보루야."

밀리아에게 후우로를 맡기고 나와 노아와 리온은 밭으로 향했다.

왕국에서도 손꼽히는 기사단에 소속된 밀리아라면 그 토끼들에게 맞설 수 있을 터다.

"전쟁도 아닌데 왜 이렇게 기합이 들어가 있는 건지……."

"멍!"

"의욕적인 건 좋지만 상대는 토끼라고……."

그렇게 멍하니 중얼거리는 밀리아의 목소리가 뒤에서 들렸지만,

나는 굳이 반응하지 않고 비오이 씨앗을 심는 작업에 착수했다.

우선 기후마법으로 생성된 비가 밭을 적셔 나갔다.

비채소는 씨앗이 비에 쓸려 가지 않도록 땅에 뿌리가 내릴 때까지 급성장하는 특성을 가지고 있었다.

많은 마력을 머금은 빗물을 흡수하여 비토마토, 비오이, 비수박의 씨에서 순식간에 싹이 났다.

"신기한 식물도 다 있군."

나와 리온, 노아는 비양배추 때 봤지만, 처음 보는 밀리아에게는 희한할 것이다. 밀리아가 놀란 목소리로 말했다.

비채소 세 종류는 눈 깜짝할 사이에 일반적인 모종 크기로 성장했다.

비토마토는 단풍잎과 비슷한 형태의 잎이, 비오이는 크고 부드러운 잎이, 그리고 비수박은 다른 것들과 조금 다르게 줄기가 두껍고 조금 쭈글쭈글한 잎이 나왔다.

각각의 성장을 확인한 나는 일단 비를 약하게 줄이고 노아와 리온을 돌아보았다.

"노아는 알고 있을지도 모르지만 일단 설명할게."

지금부터 세 가지 비채소를 키우는 데 필요한 작업을 한다.

우선 간단한 비토마토부터 먼저 할까.

나는 저번에 만들어 둔 나무 막대를 오두막에서 옮겨 밭 옆에 뒀다.

"우선 비토마토를 지지할 막대를 땅에 꽂을 거야."

"저번에 숲에서 말한 것처럼 줄기가 꺾이지 않도록?"

"맞아. 토마토 열매가 맺힐 때 그 무게 때문에 줄기가 쓰러지지 않도록 꽂는 것이기도 하지만, 비토마토는 비양배추와 달리 빗줄기를 직접 맞으니까 그것 때문에 쓰러지지 않도록 꽂는 것이기도 해."

비토마토의 열매가 어느 정도 크기일지 모르겠지만, 할 수 있는 준비는 다 해 놓는 편이 좋다.

"그저 땅에 꽂고 끝나는 게 아니야. 확실하게 끈으로 줄기를 묶어 두지 않으면 의미가 없어."

"뭐, 끈으로 묶는 건 조금 더 큰 다음에 해도 되겠지. 아무튼 지금은 막대만 꽂아 두고, 시기를 봐서 줄기를 묶어 쓰러지지 않게 하자."

막대를 다섯 개 정도 껴안은 나는 비토마토 바로 옆에 간섭하지 않도록 막대를 확실하게 꽂아 나갔다.

뭐랄까, 토마토를 키우려고 하니 초등학생 때가 생각난다.

어떤 토마토가 자랄지 기대했는데 결국 물을 너무 많이 줘서…… 정확히는 비를 너무 많이 맞아서 시들어 버렸었지.

하지만 지금 나는 어릴 때와 같은 설렘을 느끼고 있었다.

살짝 기분이 좋아진 내게 노아가 말했다.

"하루마, 토마토 자체는 키우기 간단하지만 방심하지 마."

"그래, 알고 있어."

토마토는 키우기 쉬운 채소지만, 내버려 두면 순식간에 못 먹게 된다.

초등학생 때, 직접 키운 토마토를 기뻐하며 수확했던 친구의 이야기가 떠올랐다.

신나서 수확했으나 실은 벌레가 안을 먹어 버린 상태였다는 이야기는 비교적 트라우마가 될 만했다.

실제로 그 모습을 가까이에서 목격해 버린 친구는 그 후 토마토를 먹지 못하게 됐었다.

"응, 나도 조심해서 키우자."

특히 벌레 대책은 엄중하게 해야겠다.

그렇게 생각하며 땅에 막대를 꽂는 작업을 마쳤다.

"일단은 이걸로 끝. 다음은 비오이 쪽으로 갈까."

"그쪽도 지지대를 세워?"

"그래. 하지만 이쪽은 조금 큰 막대를 써."

이번에는 숲속에서 고생하며 모은 큼직한 나뭇가지와 케빈 씨가 왕국에서 가져와 준 그물을 가져왔다.

이건 혼자 할 수 없는 작업이기에 도와달라고 부탁하려 했는데, 그러기도 전에 노아가 큼직한 나뭇가지 두 개를 들었다.

"나도 오이 지지대는 지식으로 아니까 도와줄게."

"고마워. 리온도 노아처럼 두 개 들어 줄래?"

"응."

"그럼 먼저 이 긴 막대 두 개를 윗부분이 교차하도록 땅에 비스듬히 꽂아 줘."

비오이가 있는 줄의 가장자리에 막대 두 개를 꽂아서 리온에게 본보기를 보여 줬다.

두 사람이 내 설명대로 막대를 꽂은 것을 보고, 나는 미리 준비해 둔 끈을 주머니에서 꺼내 막대가 교차된 부분을 단단히 묶어 쓰러지지 않게 했다.

"둘 다 그대로 들고 있어 줘."

이어서 노아와 리온이 꽂은 막대도 똑같이 끈으로 묶자 비오이가 있는 줄을 덮듯 아치가 만들어졌다.

끈으로 묶은 부분에 긴 막대를 하나 올리고 재차 끈으로 고정했다.

"원래는 대나무가 좋지만, 일단은 그냥 나무로 대신하자."

"이걸로 이 부분은 끝?"

"아니, 아직 할 일이 더 있어. 그렇지? 하루마."

"어, 응."

이 마을에서는 오이를 안 키울 텐데 어디서 그런 지식을 배워 온 걸까.

평범하게 책으로 공부하나?

아니, 지금은 지지대를 세우는 데 집중하자.

나는 옆에 놓아둔 그물을 들고 리온과 노아를 돌아보았다.

"이제 이 그물을 지금 만든 지지대에 달면 완성이야."

"왜 그물을 달아? 벌레로부터 비오이를 지키는 거야?"

리온이 의아해하며 물었다.

"아니. 오이는 덩굴을 뻗는 식물이야. 그 덩굴에 오이가 맺히니까 이 그물에 덩굴을 얽어서 넓고 크게 재배하려는 거야."

그 밖에 여주도 이렇게 키우던가?

"자, 이거랑 똑같은 걸 비오이가 있는 곳에 만들어 줘."

"알겠어."

"응, 하자."

역시 동료가 있으니 든든하다.

두 사람의 대답을 듣고 나는 조금 기뻐졌다.

"좋아, 이게 마지막이야!"

"그러네."

조금 시간은 걸렸으나 우리는 비오이 지지대를 전부 세웠다.

이마에 맺힌 땀을 닦으며 밭을 둘러보니 비양배추 때와는 양상이 달랐다.

"조금 넓은 가정 텃밭 같아……. 응? 리온, 괜찮아?"

"응……."

살짝 안색이 안 좋은 리온에게 물었지만 전혀 괜찮아 보이지 않았다.

우리와 달리 리온은 아직 밭일에 익숙하지 않으니까…….

오늘은 햇볕도 강하니 그것 때문에 더 체력이 소모되었을 것이다.

"리온, 너무 무리하지 마. 익숙하지 않은 작업이고, 지치는 건 당연해."

"……알겠어."

노아의 말에 고개를 끄덕인 리온은 그늘진 오두막 쪽으로 이동했다.

도와주는 것은 기쁘지만, 그러다 쓰러지기라도 하면 큰일이다.

"그럼 다음…… 마지막 작업으로 넘어갈까."

"뭐 하려고?"

"짚을 깔 거야. 이건 좀 힘든 작업이 될지도 모르니까 각오해 둬."

"나는 괜찮아. 체력에는 자신 있어."

에헴 하고 노아가 당당히 가슴을 폈다.

이 아이는 아마 나보다 체력이 좋을 테고, 방금 한 말도 거짓말은 아니겠지.

"그런데 멀칭이라. 수박은 꽤 많이 깔아야 하니까 둘이서 하려면 시간이 걸리겠다."

"뭐, 아직 시간이 있으니까 괜찮겠지."

"……아니, 이런 때니까 도와달라고 하자."

"어? 누구한테? 리온은 지쳤으니까 무리야."

"아니야. 내가 말하는 사람은—."

그렇게 말하고서 노아는 뒤돌았다.

그 방향에는 무료하게 앉아서 후우로를 쓰다듬고 있는 밀리아가 있었다.

"밀리아 씨~!"

"으엑?! 죄, 죄송합니다! 이래 봬도 제대로 주위를 경계하고 있으니 걱정하지 않으셔도 됩니다!"

노아가 부르자 밀리아는 즉각 일어나 자세를 바로 했다.

그런 밀리아를 보고 미소 지은 노아는 조금 큰 목소리로 외쳤다.
“조금 도와줬으면 하는데 괜찮을까~?”
“앗, 네!”
허둥지둥 이쪽으로 오는 밀리아를 보자 조금 미묘한 기분이 들었다.
딱히 밀리아의 행동이 떨떠름해서 그런 것은 아니었다.
노아의 부름에 달려오는 밀리아의 모습이 회사 다닐 적에 상사에게 호출당한 내 모습과 겹쳐 보였기 때문이다.
상황은 전혀 다른데, 그때 느꼈던 속이 바싹바싹 타는 감각이 떠올라서 식은땀이 났다.
어라? 나 혹시 회사 다닐 적의 의식이 아직 남아 있나?
충격적인 사실에 아연실색하며 눈앞으로 온 밀리아에게 시선을 보냈다.
“어떻게 도와드리면 될까요?”
“하루마, 설명해 줘.”
“지금부터 밭으로 짚을 옮길 건데 그걸 도와줬으면 좋겠어.”
“그 정도라면…….”
밀리아는 숲 쪽을 힐끔 보고 고개를 끄덕였다.
지금은 그 토끼들을 경계할 필요가 없을 것이다.
녀석들은 비채소가 더 성장한 다음에 본격적으로 활동할 테고, 지금 오더라도 정찰 수준일 터다.
나와 노아는 밀리아와 함께 오두막 뒤편의 마차에 실린 대량의 짚을 밭 옆으로 옮기는 작업으로 넘어갔다.

짚단은 내가 두 손으로 껴안을 수 있는 크기였지만, 이게 의외로 꽤 무거웠다.

겉보기에는 건조된 것 같아도, 안쪽은 습기 등의 수분을 흡수해서 보기보다 무게가 나갔다.

그것을 두 손으로 껴안은 나는 살짝 비틀거리며 밭으로 짚을 옮겼다.

"영차. 노아, 너무 무리하지는 마."

"나는 괜찮아. 힘쓰는 일은 익숙하고."

"그러다가 또 미끄덩 꽈당해도 난 모른다."

"그건 잊어버리라고 했잖아! 정말!!"

얼굴이 새빨개지는 노아를 보고 웃었다.

실제로 노아는 안정적으로 짚을 들고 걸었다.

역시 대단하다고 생각하며 자신의 허약한 체력을 한심하게 여기고 있으니, 눈앞에 짚이 단숨에 수북이 쌓였다.

"으억?!"

"후우, 이 정도면 돼?"

"어, 응……."

설마 이 양을 한 번에 들고 온 건가?

세어 보니 짚단은 네 개나 되었다. 나는 도저히 들 수 없는 양이었다.

내가 놀란 걸 알았는지 밀리아는 어색하게 시선을 돌렸다.

"수인은 인간보다 신체 능력이 뛰어나니까. 이 정도는 어린애도

할 수 있어."

"어린애도 할 수 있다니……."

거짓말이지?

나는 어린 수인보다도 힘이 약한 거야?

"……무섭나?"

"어? 아니, 그렇지는 않은데……."

"……그, 그래?"

내가 평범하게 대답하자 밀리아는 곤혹스러워했다.

뭔가 생각하는 바가 있었던 걸까.

아니면 단순히 내가 수인을 무서워하리라고 생각했던 걸까.

노골적으로 해치려고 든다면 역시 무서워하겠지만, 수인이라는 이유로 밀리아를 피할 생각은 없었다.

"이게 전부야~ 하루마~."

"응? 오오, 고마워."

마지막 묶음을 들고 온 노아에게 감사 인사를 하며 짚단 하나를 들었다.

"그럼 이걸 밭에 깔까. 먼저 비수박부터."

"응. 밀리아 씨도 도와줄래?"

"알겠습니다."

역시 도와주는 사람이 있으면 크게 다르구나.

새삼 그렇게 생각하며 두 사람과 함께 비수박을 심은 곳 부근으로 짚을 옮겼다.

"비토마토와 비오이에는 그렇게 많이 안 깔아도 되지만, 비수박에는 조금 두껍게 짚을 깔자."

"응, 알겠어."

"그, 그래……."

노아는 알고 있는 것 같지만, 밀리아는 짚을 왜 까는지 모르겠다는 듯 고개를 갸우뚱하며 짚단을 풀었다.

묵묵히 작업하기도 뭐하니 밀리아에게 설명해 둘까.

"지금 우리가 하는 건 「멀칭」이라는 작업이야."

"멀칭?"

"그래. 이렇게 하면 채소의 성장을 촉진하고 여러 가지 효과를 기대할 수 있어."

의외로 짚은 채소를 키우는 데 중요했다.

짚을 옆으로 펼치며 수박을 키울 예정인 장소에 크고 두껍게 깔아 나갔다.

"이러면 흙의 건조를 막고 진흙이 튀는 걸 방지할 수 있어. 기후 마법으로 만든 비 때문에 진흙이 잘 튀니까 꽤 중요해."

"그리고 수박 덩굴이 뻗는 방향을 유도하는 이점도 있어. 수박은 덩굴을 옆으로 뻗으니까, 짚을 안 깔면 사방팔방으로 덩굴이 자라서 난리가 나. 그렇지? 하루마."

"어, 응."

하고 싶었던 말을 노아가 또 전부 말해 버렸다.

몇 번째인지 모르겠지만, 이 아이의 지식은 정말 엄청나구나.

“……의외로 심오하군.”

“뭐, 그렇지. 하지만 오늘 한 일은 아직 초반이야. 앞으로 더 힘든 작업이 있으니까…… 열심히 해야지. 응.”

“병들지 않게도 조심해야 하고, 앞으로 큰일이야.”

짚을 깔며 고개를 끄덕이는 나와 노아를 보고서 밀리아는 살포시 미소 지었으나 금세 고개를 숙이고 다시 작업에 몰두했다.

……여전히 밀리아와 거리를 좁히기는 어려울 것 같았다.

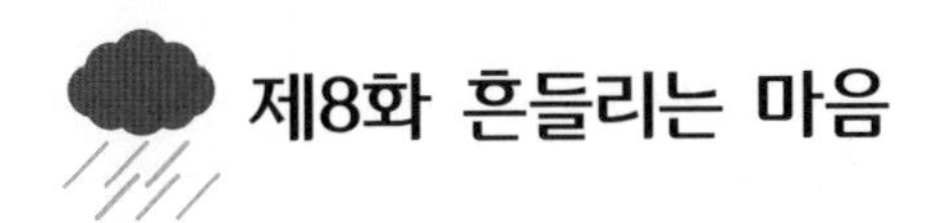

제8화 흔들리는 마음

새로운 비채소 재배는 비양배추 이상으로 이것저것 신경을 써야 했다.

세 종류 비채소를 한 번에 키우는 것이니, 각각의 상태를 잘 살펴야 한다.

일단 비토마토와 비오이에도 짚을 깔았으나 그래도 조심해야겠지.

아니, 애초에 내가 아는 채소와 비채소를 똑같이 생각하는 것 자체가 틀렸을지도 모른다.

원래 살던 세계에서 부모님에게 배운 채소 재배법을 그대로 반영해도 의미가 없거나, 반대로 악영향을 줄 가능성도 있었다.

그렇기에 나는 신중히 세 가지 채소와 마주해야 했다.

비토마토, 비오이, 비수박을 심고 며칠이 지났다.

기후마법으로 확실하게 비를 내리며 밭을 돌봤는데, 솔직히 지금은 별로 바쁘지 않았다.

아직 채소가 줄기와 잎을 키우는 시기였다.

이 시기에 내가 할 수 있는 일은 비를 내리고, 흙을 살피고, 벌레를 떼는 것 정도밖에 없어서 밭일을 하며 느긋하게 시간을 보냈다.

"……슬슬 밥 먹을까."

후드득 떨어지는 비를 맞으며 작업하던 나는 해가 중천에 뜬 것을 확인하고 점심을 먹기로 했다.

리온에게 받은 도시락을 가지러 일단 오두막으로 돌아갔다.

"후우로, 자, 비 내려 줄게."

"멍~!"

발밑으로 다가온 후우로에게 비구름을 보내고 오두막에 들어간 나는 도시락 두 개를 들고서 옆에 사는 밀리아에게 갔다.

왜 도시락이 두 개냐면 단순히 리온이 밀리아 몫까지 만들어 줬기 때문이었다.

"뭐, 그 광경을 봤으니……."

밀리아의 평소 식사 풍경을 본다면 누구든 걱정할 것이다.

생선을 꼬챙이에 끼워서 구웠을 뿐인 음식을 야성적으로 먹으니까.

그 광경을 목격한 식사광 리온은 깜짝 놀라 엉덩방아를 찧고서 「더 맛있게 먹는 방법이 있잖아……!」 하고 경악한 표정으로 중얼거렸다. 놀랄 부분은 거기가 아닌 것 같기도 하지만.

밀리아가 캠핑 중인 곳에 다가가자 코를 간질이는 고소한 냄새가 풍겼다.

"응? 또 생선이라도 굽나?"

점심시간이니 이상한 일은 아닌가.

"이봐~ 밀리아. 리온이 도시락을 만들어 줬……어……?"

그곳에 민물고기 같지 않은 거대한 생선을 모닥불에 굽고 있는 밀리아가 있었다.

크기는 1미터쯤 될까. 수족관에서나 보던 피라루쿠만큼 크고 위압적인 물고기를 보고 나는 말문이 막히고 말았다.

"음? 하루마로군."

"저, 저기, 리온이 도시락을 만들어 줬는데……."

"도시락? 고맙지만, 뭐, 보다시피 점심은 충분해서."

굽고 있는 피라루쿠(가칭)를 보고 밀리아는 난처한 표정을 지었다. 나는 무슨 표정을 지으면 좋을지 알 수 없어졌다.

그보다 저거 어떻게 잡은 거야?

물속에서 저런 녀석과 조우하면 죽음을 각오할 수밖에 없을 것 같은데.

"……하루마, 너는 점심을 이미 먹었나?"

"어? 아니…… 아직 안 먹었는데."

"그래? 마침 잘 됐어. 이 녀석을 같이 소비해 주지 않겠나?"

밀리아는 내 대답에 만족스럽게 고개를 끄덕이더니 모닥불 주위에 놓인 그루터기형 의자에 앉으라고 했다.

"보존할 수도 있지만, 역시 생선은 조리해서 바로 먹는 게 제일 맛있으니까."

"내가 먹어도 돼?"

"물론이지. 남기는 건 이 녀석에게도 실례야."

확실히 그 말이 맞다. 순순히 밀리아의 호의를 받아들이자.

"아, 이 도시락은 어쩌지……. 나는 이것도 먹을 건데 너는 안 먹을 거지?"

"아니, 모처럼 만들어 줬으니 저녁밥으로 먹지. 리온의 요리는 아주 맛있으니까."

"그래? 근데 굉장하다, 이 생선……. 어떻게 잡았어?"

마치 케밥처럼 빙글빙글 돌아가며 구워지고 있는 피라루쿠(가칭)는 그저 아스트랄했다.

내 의문에 밀리아는 자랑스럽게 대답했다.

"그렇게 어려운 일은 아니야. 물속을 헤엄치는 이 녀석에게 뭍에서 창을 찌르고 그대로 잠수해서 잡아 왔을 뿐이야."

"……그렇구나."

아니, 「그렇구나」로 끝낼 얘기가 아니잖아.

태클을 걸 곳이 잔뜩 있어!

창으로 찌르고 잠수해서 잡아 왔다니, 예전에 버라이어티 방송에서 하던 거잖아?! 아니, 그건 작살이었지만!

"이렇게 커다란 걸 잠수해서 잡아 오다니……."

"후후후, 듣고 놀라지 마. 호수의 터줏대감과 비교하면 이 녀석은 어린애나 마찬가지야."

"말도 안 돼!"

내가 깜짝 놀라자 밀리아는 아득한 눈으로 숲을 바라보았다.

"나는 호수 바닥에 숨은 거대한 물고기를 봤어. 그 녀석은 내 키를 족히 넘을 만큼 컸지……."

그쯤 되면 물고기가 아니라 마물 아닌가?

분하지만 이런 이야기를 들으면 보고 싶어지는 것이 남자의 습성이다.

원래 살던 세계에서도『미확인 생물!』이나『거대 생물 포획!』같은 방송을 하면 자연스럽게 그걸 봤었다.

"그 물고기는 나도 볼 수 있는 곳에 있어?"

"그래. 여기서 그리 멀지 않아. 조금 위험한 길을 지날지도 모르지만, 뭐, 너라면 괜찮겠지. ……왜? 보고 싶어?"

"보고 싶어!"

밀리아의 물음에 바로 고개를 끄덕였다.

자백하자면 나도 어릴 때 집 근처 산에 터줏대감 같은 뭔가가 있을지도 모른다고 생각해서 찾아다닌 적이 있었다.

결국 그런 생물은 없었지만, 이제 와서 그런 존재를 볼 수 있을지도 모른다고 생각하니 흥분되었다.

"……흠, 그럼 데려가 줄게."

"어? 그래도 돼?!"

"그래. 나도 처음 만났을 때 무례한 태도를 보였으니까. 속죄하는 의미에서. 그리고…… 그곳을 나만 아는 건 여러 가지로 아까워."

예상치 못한 제안에 나잇값도 못 하고 흥분했다.

하지만 당장 갈 수 없다는 것은 나도 알고 있었다.

비채소의 상태를 확인하고 확실하게 예정을 잡은 다음에 가야 했다.

전에 없이 머리를 팽팽 굴리고 있으니 새로운 손님이 찾아왔다.

"뭔가 맛있는 냄새가 나…… 허, 이 물고기 뭐야?! 너무 크잖아?!"

밭일을 도와주러 온 노아가 모닥불에 구워지고 있는 거대 물고기를 보고 나와 똑같이 반응했다.

"노아 씨도 드시겠습니까?"

"어? 그, 그래도 될까? 확실히 배가 고프긴 한데……."

"상관없습니다. 저와 하루마, 둘이서는 다 먹을 수 있을지 알 수 없으니까요."

밀리아가 그렇게 제안하자 노아도 아직 점심 식사 전이라서 같이 먹게 되었다.

물고기가 잘 익은 것을 보고 불의 세기를 줄여 식지 않게 한 후, 오두막에서 가져온 나무 그릇에 생선 살을 발랐다.

"생선은 오랜만에 먹는데 이거 맛있다."

민물고기니까 흙내가 날 거라고 멋대로 생각했지만 그렇지 않았고, 살도 확실하게 기름졌다. 단순하게 간만 한 것이 오히려 본래의 맛을 부각했다.

"우리 마을에는 생선이 거의 유통되지 않으니까 나도 오랜만에 먹어. 밀리아 씨, 왕국에서는 생선 요리의 종류도 풍부하지?"

"네. 왕국에는 항구도 있어서 어업이 활발하여 마을에는 생선 요리를 취급하는 가게가 많습니다."

"이 마을도 좋지만, 왕국에는 왕국의 좋은 점이 있는 거지."

왕국에서는 어업이 활발한가. 어떤 방식으로 고기를 잡을지 궁금하다.

마법이 보급된 세계이니 마법을 활용해서 고기를 잡을지도 모른다.

"그런데 놀랐어. 이 숲속에 그런 장소가 있다니."
"노아도 모르는 게 있구나."
"나도 무턱대고 숲에 들어가진 않아. 그런대로 깊은 숲이라 길을 잃으면 큰일이야."
"마치 경험한 적이 있는 것처럼 말하네."
"……."
아, 진짜 길을 잃은 적이 있었나 보다.
내게서 얼굴을 돌린 노아는 밀리아를 보며 화제를 바꿨다.
"그, 그나저나 여기도 예전과 비교하면 이것저것 늘었어."
"네, 시간이 나면 생활에 쓸 만한 도구를 만들고 있으니까요."
자세히 보니 텐트 주위에는 나무로 만든 컵과 그릇, 그리고 지금 앉아 있는 그루터기형 의자가 있었다. 며칠 전에는 없었던 물건이다.
"밀리아는 손재주가 좋구나."
"그 정도는 아니지만……."
본인은 겸손하게 말했으나, 손수 만든 도구들은 상당히 정교했다.
텐트에 보강도 되어 있고, 언젠가 목공 빠치는 집을 만들 것 같다.
"그러고 보니 하루마에게 묻고 싶은 게 있었는데……."
"뭘?"
생각에 잠겨 있으니 이번에는 밀리아가 말을 걸어왔다.
"밭을 덮치는 써니래빗 말이야. 그 녀석들은 얼마나 성가신 존재지?"
"음……. 인간을 업신여기는 빌어먹을 짐승 새끼지."
내가 웃으며 그렇게 단언하자 밀리아가 곤혹스러워했다.

이상하네. 더할 나위 없이 정확한 표현이었을 텐데…….

"그, 그렇게 말할 정도인가? 왕국에서 써니래빗은 귀여운 생김새로 여성과 어린아이들에게 인기가 있는데……."

"그 녀석들이, 인기 있다고……?"

"거, 거짓말이지……?"

"나는 두 사람의 반응이 더 이상해……."

사람을 깔보는 그 빌어먹을 녀석들이 여성과 어린아이에게 인기가 있다니 쉽사리 믿을 수 없었다. 확실히 귀엽게 생겼지만 속은 시꺼멓다고.

"왕국 사람들은 몰라서 그래. 여기 사는 써니래빗이 얼마나 무서운지."

"맞아. 녀석들은 인간 수준의 지혜와 그 이상의 교활함을 가지고 있어. 평범한 토끼라고 얕보다간 땅에 나자빠지게 돼."

실제로 나는 처음에 써니래빗과 마주했을 때 허를 찔려서 넘어졌었다.

그때 노아가 없었다면 비양배추는 녀석들에게 먹혔을 것이다.

"아니, 역시 그건 거짓말이겠지. 써니래빗이 어떻게 사람을 넘어뜨리겠어."

"그렇기에 네가 와 줘서 다행이야."

"어?"

얼빠진 목소리를 내는 밀리아를 보며 나는 진지한 표정을 지었다.

"그 써니래빗은 수행을 쌓아서 한층 힘을 얻고 내 밭을 습격하려고 해."

"잠깐만. 마물이 수행을 쌓다니 이상하지 않아?"

"하지만 실제로 그 일이 일어나 버렸어……!"

나는 세게 움켜쥔 주먹으로 무릎을 치고 괴롭게 말했다.

"어어……."

그런 나를 보고 밀리아가 곤혹스러워했으나 나는 매우 진지했다.

솔직히 나와 후우로만으로는 강화된 녀석들을 이길 엄두가 안 났다.

"써니래빗이 강해졌다는 게 판명된 이 시기에 밀리아 씨가 온 건 정말 다행이야."

"여전히 못 믿겠습니다. 제가 인식하기에 써니래빗은 생태가 다르기는 해도 흔히 볼 수 있는 토끼와 별반 다르지 않은 마물이니까요……."

"뭐, 그건 일단 한번 봐야지 알 수 있을 거야. 어쨌든 하루마를 호위하는 동안에는 좋든 싫든 조우하게 될 테니까."

노아의 말에 밀리아는 애매하게 고개를 끄덕였다.

문제는 녀석들이 언제 습격해 오는가다.

논리적으로 생각하면 비채소가 열매를 맺기 시작할 즈음에 오겠지만, 진화한 녀석들이 평범하게 오지는 않을 것이다.

거기까지 생각했을 때, 눈앞에 앉아 있는 밀리아가 불쑥 중얼거렸다.

"나는 여기서 뭘 하는 걸까……."

"밀리아……?"

"아니, 아무것도 아니야. 그냥 혼잣말이었어."

모닥불이 튀는 소리 때문에 알아듣기 어려웠지만 그 말은 희미하게 들렸다.

조금씩 거리가 좁혀지고 있다고 생각했는데, 밀리아가 품은 고민은 여전히 그녀의 마음을 좀먹고 있었다.

나는 뭐라 말할 수 없는 답답함을 느꼈다.

***

그날 밤.

에릭 씨의 집을 찾은 나는 낮에 밀리아가 잡은 거대 물고기를 먹었다고 에릭 씨에게 이야기했다.

"확실히 이 마을의 숲에는 사람의 발길이 닿지 않은 곳이 있으니 그런 호수가 있어도 이상하지는 않아."

"하지만 그렇게 큰 물고기가 있을 줄은 생각도 못 했습니다."

"하루마 군이 살던 세계에는 그런 물고기가 없었는가?"

"있긴 했지만 근처에는 안 살았죠."

내가 아는 물고기를 예시로 들자면 참치나 농어 정도일까.

아무튼 밀리아가 잡은 생선은 민물고기치고 상당한 크기였다.

"그런가. 아무튼 좋은 경험을 했군. 이곳은 내륙이라 생선이 거의 유통되지 않아. 들어오더라도 여러 가지로 미심쩍어서 아무도 안 산다네."

“아~ 상했을지도 모르니 말이죠…….”

훈제라면 몰라도, 생선은 온도가 조금만 변해도 품질이 바뀌는 섬세한 식자재다.

생각 없이 먹었다가 식중독에 걸릴 수도 있다.

“하루마. 생선 먹었어?”

“음? 리온이구나. 응, 맞아. 아, 그래, 밀리아가 전해 달라고 한 게 있어.”

지금도 집 밖에서 호위 임무를 수행 중인 밀리아에게 받은 것을 부엌에서 나온 리온에게 건넸다.

서늘하게 냉기가 감도는 용기에 낮에 우리가 먹었던 생선을 토막 낸 것이 담겨 있었다.

“이거, 밀리아가 준 거야. 어떤 원리인지 모르겠지만 확실하게 냉각시켰으니까 불로 익히면 먹을 수 있대.”

“읏, 고마워!”

“감사 인사라면 밀리아에게 해.”

“응. 지금 말하고 올게!”

흔히 볼 수 없는 활짝 웃는 얼굴로 용기를 받은 리온은 그대로 밖에 있는 밀리아에게 총총 달려갔다.

예전부터 생선을 먹고 싶어 했으니 잘된 일이다.

만약 나와 노아만 생선을 먹었다면 나중에 무서운 일이 벌어졌을 것 같고. 밀리아의 배려에 나도 감사다.

“그런데 대체 어떻게 한 걸까?”

생선이 든 용기를 밀리아가 줬을 때, 마치 냉장고에서 꺼낸 것처럼 차가워서 놀랐다.

그때는 근처에 흐르는 맑은 물로 차갑게 했을 거라고 멋대로 납득했지만 실제로는 어떨까?

"……어라? 에릭 씨?"

정신 차리고 보니 에릭 씨도 없었다.

『밀리아 씨, 고마워!』

『어? 아, 인사받을 만한 일도 아니야. 그보다 거기 계신 분은…….』

『자네가 하루마 군의 호위를 맡은 밀리아 양인가. 반갑네. 나는 에릭 실페리아. 잘 부탁하네.』

『에릭 실페리아……? 서, 설마?! 부, 부부, 북쪽의 대현자님……?!』

아무래도 밖에서 한바탕 파란이 일어나고 있는 모양이다.

작게 한숨을 쉬며 나는 혼란 한복판에 있을 밀리아 곁으로 향했다.

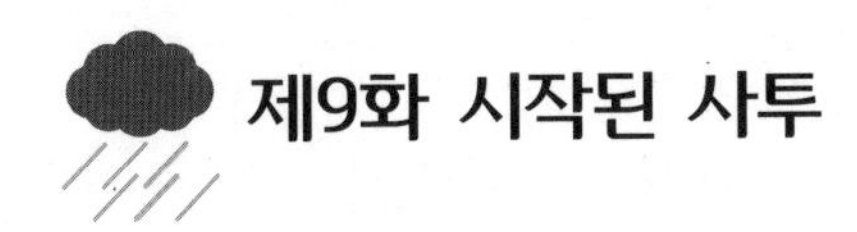

제9화 시작된 사투

적심이라는 기술이 있다.

토마토나 수박 등을 재배하면서 필요 없는 싹을 잘라 내어 남은 싹의 성장을 촉진하는 기술이다.

크고 영양가 있는 비토마토를 수확하려면 이 적심 기술은 상당히 중요했다.

오늘은 리온이 도와준다고 해서 얼마 전보다도 꽤 성장한 비토마토 밭에 함께 갔다.

밀리아와 후우로에게는 평소처럼 밭 근처에서 숲 쪽을 경계해 달라고 했다.

"리온, 토마토 가지에서 자란 싹이 있지?"

"응, 이 작은 거 말이지?"

비토마토 가지를 손으로 받치고, 갈라져 나온 부분에서 성장하려고 하는 싹 부분을 가리켰다.

"이건 곁순이라고 하는데 이걸 방치하면 여기서 또 성장해 버려."

"그건 좋은 일 아니야?"

"그렇지도 않아. 곁순도 성장하려면 양분이 필요하니까. 이게 자라면 다른 싹에 갈 영양분이 분할되어 버려. 그러니까—."

아까 가리킨 곁순을 손으로 잡아서 그대로 뜯었다.

"이렇게 하면 키우고 싶은 싹에 영양을 집중시킬 수 있는 거지."

"흐응."

"참고로 수박도 똑같은 요령으로 적심하면 큰 수박이 열릴 가능성이 커져."

리온이 평범하게 감탄해서 조금 좋아진 기분으로 계속 설명했다.

솔직히 말해서 나도 적심에 관해 어렴풋이 기억할 뿐이었지만, 얼마 전에 노아가 적심과 그 의미를 가르쳐 줘서 행동에 옮기게 된 것이었다.

처음에는 뭘 떼면 좋을지 알 수 없어서 노아에게 혼났으나 약 한 시간쯤 지나자 구별하게 되었다. 어른으로서 상당히 부끄러운 경험을 했지만, 새로운 것을 배우는 즐거움도 확실히 있었다.

나도 더 공부해야겠다고 새삼 다시 생각하고 있으니 리온이 비토마토의 일부분을 가리키며 돌아보았다.

"있지, 이걸 떼면 돼?"

"음? 아아, 맞아. 벌써 구별이 되는 거야?"

"응."

젊은 아이의 이해력은 굉장하구나.

나는 솔직하게 감탄하며 비토마토의 크기를 확인했다.

"비토마토도 제법 컸으니 슬슬 줄기와 지지대를 끈으로 묶을까."

역시 토마토는 성장이 빠르다.

벌써 30센티미터쯤 성장한 비토마토의 줄기를 지지대에 가볍게 대고 최대한 다치지 않게 끈으로 묶었다.

비토마토도 성장했지만, 비오이와 비수박도 순조롭게 덩굴을 뻗어서 지금으로서는 문제가 없어 보였다.

"하루마, 그건 내가 할게. 하루마는 그 「적심」이라는 걸 해."

"응? 그래, 고마워."

리온의 제안을 받아들여 끈을 전부 넘겨주고 비토마토 적심에 착수했다.

하지만 너무 과하게 뜯어내면 소중한 싹 부분까지 없어질 것 같아서 철저히 하지 않고 경과를 지켜보며 처리하는 느낌이었다.

"저기, 하루마."

"응?"

진지하게 곁순을 찾고 있으니 줄기와 지지대를 끈으로 묶고 있는 리온이 말을 걸어왔다.

"밀리아 씨는 혹시 채소를 싫어하는 걸까?"

"어? 왜 그렇게 생각해?"

"뭔가, 밭을 보는 표정이 괴로워 보여서……."

괴로워 보인다고……?

나는 밀리아의 그런 모습은 못 봤다. ……아니지, 밭일에 몰두해서 주의 깊게 보지 못했을 뿐인가.

그 이유는 짐작이 갔다.

저번에는 얄미운 써니래빗을 향한 투쟁심 때문에 나 혼자 떠들었지만, 생각해 보면 밀리아에게 써니래빗 따위는 흔해 빠진 약한 마물일 것이다.

왕국에 알려진 써니래빗은 아주 귀여운 마스코트 같은 마물이라고 들었다.

나를 호위하는 밀리아에게 그런 써니래빗을 쫓아내 달라고 부탁했으니 무시당했다고 여기고 기분이 상했으리라.

"어쩔까……. 하지만 내가 어떻게 할 수도 없을 테고……."

"아무튼 비채소를 좋아하게 되도록 노력하면 되지 않을까?"

"……하하하, 그것도 한 가지 방법이네."

일단은 비채소를 좋아하게 되도록 노력할 수밖에 없나.

그것도 어려울 것 같지만, 아무것도 안 하는 것보다는 훨씬 낫다.

***

"멍!"

한동안 리온과 밭일을 계속하고 있는데 갑자기 위험을 알리는 듯한 후우로의 울음소리가 뒤에서 들려왔다.

돌아보자 털을 곤두세우고 숲을 노려보는 후우로와 그런 후우로를 곤혹스럽게 바라보는 밀리아가 있었다.

"녀석들이 왔나?!"

바로 이해한 나는 밭에서 나와 밀리아 곁으로 이동했다.

근처로 오니 잘 보였다. 시선 끝에 있는 수풀이 작위적으로 흔들리고 있었다.

틀림없다.

도발하는 듯한 저 어프로치는 써니래빗이다……!

하필이면 노아가 없는 날에 오다니!

“저기, 하루마. 대체 저건…….”

“녀석들이…… 녀석들이 왔어.”

“그, 그래? 그럼 후딱 쫓아내 버릴까.”

“아니, 섣불리 움직이지 않는 게 좋아.”

나는 그렇게 말하고 앞으로 가려고 한 밀리아를 손으로 제지했다.

아무리 밀리아가 실력 있는 기사여도 아직 녀석들의 힘을 얕보고 있었다.

그런 상태에서는 처음으로 써니래빗과 마주했던 나와 똑같은 전철을 밟을 것이다.

“비채소가 아직 열매를 맺지 않은 시점에 여기 왔다는 건……. 아마 녀석들의 목적은 정찰, 그리고 우리의 실력을 가늠하러 온 거겠지.”

“써니래빗이……?”

“어설프게 움직이면 인사 삼아 먹힐 거야.”

“뭘?!”

물론 채소를.

저 녀석들은 쓸데없이 도발을 잘하니까 무시하면 약 올리듯 잎을 갉아 먹고 갈 것 같다.

내가 침을 꼴깍 삼키자 밀리아는 본격적으로 영문을 모르겠다는 표정을 지었다.

그러는 사이에 수풀이 크게 흔들리더니 우리 앞에 그림자 세 개가 튀어나왔다.

"뀨이!"

""뀨~!""

평범한 개체보다 한층 큰 써니래빗과 보통 크기의 써니래빗 두 마리.

마침내 나온 습격자 아닌 습격토끼를 보고 경계했으나, 그 이상으로 녀석들이 평범하게 우리 앞에 모습을 나타낸 것에 의문을 품었다.

써니래빗 세 마리는 주위를 두리번두리번 둘러본 후에 우리를 무시하고 털을 고르기 시작했다.

"뀨~."

"뀨이."

……도발하는 건가?

우리는 경계할 가치도 없는 등신이라는 거냐, 이 자식아.

아니, 잠깐.

여기서 분노하여 냉정한 판단력을 잃으면 녀석들에게 빈틈을 보이게 된다. 지금은 녀석들의 흐름에 넘어가지 않고 격퇴하는 것이 중요했다.

사람이든 동물이든 기세가 붙으면 감당할 수 없는 것은 똑같으니까.

"……하루마, 나한테는 평범한 써니래빗으로 보이는데."

"아니, 속지 마."

"하아…… 이제 됐어."

과도하게 경계하는 나를 보고 어이없어하며 한숨을 쉰 밀리아는 경솔하게 써니래빗 쪽으로 걸어가 버렸다.

"기다려, 섣불리 움직이지 마!"

"멍!"

"평범한 써니래빗이잖아. 얼른 쫓아내면 그만이야."

나와 후우로가 제지했으나 밀리아는 듣지 않았다.

밀리아는 아직 저 써니래빗이 어디에나 흔히 있는 개체라고 생각하는 듯했다.

"……설마?!"

녀석들이 부자연스럽게 도발한 목적이 이거였나?!

일부러 어디서나 볼 수 있는 평범한 토끼처럼 연기해서 의심을 가진 밀리아의 경계를 풀고 접근하도록 했다.

즉, 이후에 기다리고 있는 건……!

나는 써니래빗 근처까지 접근한 밀리아에게 외쳤다.

"밀리아! 당장 그 녀석들에게서 떨어져!"

"정말이지, 고작 써니래빗 상대로 뭘 그렇게까지—."

그렇게 말하고 밀리아가 한 걸음 내디딘 순간, 그녀의 발밑이 무너지며 발목까지 지면에 묻혀 버렸다.

"어?"

구덩이 함정.

인간이 사냥감을 잡기 위해 생각해 낸 기술이다.

살기 위해 고안한 인류의 지혜 중 하나— 그것을 지금 써니래빗이라는 「사냥당하는 측」이 사용했다.

구덩이 함정에 걸려 밀리아가 얼이 빠진 순간, 지금껏 태평하게 털을 고르던 써니래빗들이 일제히 그녀에게 달려들었다.

"뀨이!"

먼저 써니래빗 한 마리가 밀리아의 오금에 몸통박치기를 먹여서 자세를 무너뜨렸다.

"엇, 꺅?!"

"뀨우!"

이어서 두 번째 써니래빗이 지면을 짚은 밀리아의 손에 발차기를 날렸다.

그리고 한층 큰 써니래빗이 높이 뛰어 찍어 누르듯 밀리아의 머리에 착지하면서 그녀의 몸은 완전히 지면에 쓰러져 버렸다.

"……."

위험하지 않아?!

저 녀석들 진짜 위험하지 않아?!

완전무결한 협공으로 왕국 최강의 부대에 소속된 기사를 해치웠다고요!

후우로도 눈앞에서 벌어진 참극에 조금 전까지 불태우던 투지를 잃은 모습이었다.

그것도 당연했다.

방심했다고는 하지만 밀리아는 써니래빗에게 질 만큼 약하지 않을 터다.

그런데도 기습을 당한 것은 녀석들이 밀리아의 경계를 풀기 위해 연기를 했기 때문이었다.

그리고 언제 만들었는지 모를 함정에 밀리아를 빠뜨렸다.

무시무시한 전략.

무시무시한 팀워크.

무시무시한 교활함이었다.

"이 자식들, 작작 해……!"

역시 열받았는지 밀리아는 땅을 짚고 일어나려고 했지만―.

"끚, 뀨이!"

"""뀨~!"""

"아윽?!"

밀리아가 자세를 바로 세우기 전에 리더 써니래빗이 명령하자 나머지 두 마리가 재차 몸통박치기를 먹여 넘어뜨렸다.

도와주러 가고 싶다……!

하지만 경험상 녀석들은 나를 밭에서 멀리 떼어 놓기 위해 밀리아를 인질로 이용하는 것일지도 몰라서 섣불리 움직일 수 없었다.

밀리아는 다시 일어나려고 했으나 리더는 마치 비웃는 듯한 울음소리를 내며 밀리아의 머리 위에서 폴짝폴짝 뛰었다.

"끄, 으으으윽……!"

밀리아가 뭐라고 했는지는 모르겠지만 상당한 굴욕이라는 것은 나도 알 수 있었다.

역시 이 이상은 두고 볼 수 없었다. 밀리아가 너무 불쌍했다.

"밀리아! 쫄딱 젖을 거야. 미안!"

나는 손바닥에 비구름을 만들어서 써니래빗에게 보내 호우를 내렸다.

그것을 잽싸게 알아차린 리더는 마지막으로 밀리아의 머리를 뻥 차고 부하들과 함께 숲으로 돌아갔다.

남은 것은 내가 만든 비구름에서 쏟아지는 비를 맞는 밀리아뿐이었다.

비구름을 없앤 나는 녀석들이 돌아오지 않는지 경계하며 엎어진 밀리아 곁으로 갔다.

"괘, 괜찮아……?"

"……."

밀리아는 천천히 일어났으나 내게 얼굴을 보여 주지 않았다.

아무 말도 안 하는 밀리아를 보고 불안해하고 있으니 그녀가 입을 열었다.

"……완전히 무시당했어."

"그, 그렇지……."

평소의 냉정한 어조가 아니라 어린애 같은 어조로 들려서 당황스러웠다.

"머리 위에서 뛰었어."

"그래, 봤어."

"머리를 발로 찼어."

"그건 나도 너무한다고 생각했어."

"비도 맞았어."

"그건 미안."

서서히 울먹이는 목소리가 되어서 나도 점점 안절부절못하게 되었다.

후우로와 함께 상황을 살피던 리온조차 이쪽으로 다가오려고 안 했다.

밀리아는 눈가를 닦으며 언성을 높였다.

"이런 굴욕은 난생처음이야……!"

"그, 그렇다고 울 것까지는……."

"안 울어! 내가 울 리가 없어!!"

어린애냐고 태클을 걸고 싶은 충동이 들었으나, 조금 전의 일을 생각하면 다 큰 어른도 울고 싶어질 만했다.

아마 내가 그런 일을 당했다면 체면 따위 내던지고 울었으리라 자신한다.

"하루마. 그 토끼들은 내가 잡겠어."

"……네?"

"그래 봤자 상대는 써니래빗. 이번에는 방심해서 당했지만 내가 질 리가 없어……!"

잠깐만. 그 교만은 똑같은 참극을 부를 거야.

하지만 분노하여 냉정한 판단력을 잃은 밀리아에게 내 목소리는 들리지 않았다.

최, 최소한 노아에게 이 사실을 알릴 때까지는 얌전히 있도록 해야 해…….

“아무튼 단독 행동은 위험해. 일단 계획을 세운 다음에—.”

“아니, 나는 가겠어! 이렇게까지 무시당하고 가만있을 수는 없어! 그리고 이 일을 대장님이 알게 된다면 나는…… 나는, 다시 일어설 자신이 없어!”

밀리아는 엄청난 투지를 불태웠다.

일단 머리를 식히라고 해야겠다…….

“아~ 응. 하지만 곧 어두워질 테니까 내일 하자.”

피가 거꾸로 솟은 상태로 이길 수 있었다면 나도 이렇게까지 고생하지 않았을 것이다.

녀석들 상대로 얼마나 냉정한 판단력을 유지할 수 있는지가 중요하다.

그래야 마침내 녀석들과 제대로 싸울 수 있다.

내일에 대비해 사냥 준비를 시작한 밀리아를 아득한 눈으로 보고 있으니 리온이 소리 죽여 말을 걸어왔다.

“하루마, 괜찮은 거야?”

“운이 좋으면 밀리아가 써니래빗을 포획해서 우리도 순조롭게 농사지을 수 있겠지만…… 아마 그건 무리겠지.”

“그 아이들, 머리가 굉장히 좋으니까.”

“맞아. 아마 지금 상태로 덤벼도 아까 같은 일이 반복될 거야.”

그 녀석들의 무서운 점은 사람을 업신여기는 것에 관해서는 따라올 자가 없다는 것이었다.

***

왕국에서도 유명한 기사대 소속이며 실력이 보장된 밀리아라면 그 토끼들을 훌륭하게 잡을 수 있지 않을까.

그런 희미한 희망을 품은 나는 밭일을 하며 밀리아와 세 마리 써니래빗의 싸움을 지켜보기로 했다.

첫째 날.

밀리아는 이른 아침부터 써니래빗 포획을 위해 숲에 들어갔다.

나는 밭을 떠날 수 없기에 평소처럼 밭일을 했지만, 저녁 무렵이 되어 밀리아가 기진맥진한 모습으로 돌아왔다.

이야기를 들어 보니 계속 써니래빗 한 마리를 쫓아다녔다는 모양이다.

아무리 뛰어도 지치기는커녕 속도가 떨어지지도 않는 써니래빗을 필사적으로 쫓았는데, 실은 한 마리씩 교대로 달린 거였다고 한다.

밀리아가 그것을 깨달았을 때는 이미 체력이 한계였는지라 어쩔 수 없이 돌아왔다고 했다.

둘째 날.

전날 일로도 좌절하지 않았는지 밀리아는 다시 한 번 써니래빗 포획에 나섰다.

이번에는 직접 만든 활과 화살을 들고 가서 오늘이야말로 잡을 수 있을지도 모른다고 생각했지만 그런 일은 없었다.

우중충하게 돌아온 밀리아가 말하길, 녀석들은 무시무시한 위기 감지 능력으로 가볍게 화살을 피해 버렸다고 한다.

확실히 토끼는 귀를 세워서 소리를 크게 듣는다는 이야기를 들은 적이 있지만, 설마 기사가 쏘는 화살조차 피할 수 있을 줄은 몰랐다.

셋째 날.

연일 실패해서 그런지 밀리아는 꽤 의기소침해졌다.

역시 그 상태로 숲에 들어갈 생각은 없는 모양이라 오전 중에는 얌전히 있었다.

나도 수박 덩굴이 꽤 자라서 필요 없는 싹을 떼고, 오이가 병들거나 곰팡이가 피지 않았는지 확인하는 등 내 할 일을 소화했다.

하지만 그날 오후, 우리 앞에 다시 써니래빗들이 나타나며 분위기가 달라졌다.

발칙하게도 녀석들은 밀리아와 1미터도 떨어지지 않은 곳에서 도발했다.

듣는다면 누구라도 울컥할 것이 틀림없는 조롱하는 울음소리를 연속으로 냈고, 그 결과 밀리아의 분노가 대폭발.

내가 말릴 새도 없이 밀리아는 써니래빗들을 쫓아 숲속으로 사라지고 말았다.

몇 시간 후, 울상을 짓고서 돌아온 밀리아를 보고 나는 조금 뻘쭘해졌다.

넷째 날.

실패를 통해 배웠는지 밀리아는 이날 써니래빗을 쫓지 않고 숲속에 함정을 설치했다.

왕국 기사가 자랑하는 수렵 함정이라고 득의양양하게 말한 걸 보면 그런대로 굉장한 함정인 것 같았다.

이번에야말로 잡을 수 있을지도 모른다.

다섯째 날.

함정을 확인하러 갔던 밀리아가 진흙투성이가 되어 돌아왔다.

이유를 물으니 밀리아가 설치한 함정이 다른 곳으로 이동해서 오히려 자신이 걸렸다고 했다.

진짜 웃을 수 없는 얘기인데요.

여섯째 날.

이쯤 되자 밀리아는 진심으로 싸우게 됐다.

얼마나 진심이냐면 주저 없이 마법을 쓰려고 할 정도였다.

밀리아가 어떤 마법을 쓰는지 모르지만, 어느 정도 냉정해졌으니 잡을 수 있지 않을까.

그렇게 생각하고 밀리아를 응원하며 숲으로 보냈지만— 숲에 들어가기 전에 써니래빗이 만든 구덩이 함정에 걸려서 밀리아는 그대로 넘어지고 말았다.

더욱 최악이게도 얼굴이 부딪치는 위치에 진흙이 쌓여 있어서 밀리아는 거기에 얼굴을 푹 박아 버렸다.

숨어 있던 써니래빗이 그 모습을 비웃은 순간, 사람의 말을 잊은 밀리아는 무시무시한 기세로 써니래빗을 쫓아 숲속으로 사라졌다.

그날, 밀리아는 텐트에 돌아오지 않았다.

일곱째 날.

걱정이 되어 이른 아침에 텐트를 찾아가자 밀리아는 돌아와 있었다.

하지만 그대로 텐트에 틀어박혀서 나오지 않았다.

……어쩌지.

"밀리아, 괜찮아?"

텐트를 향해 말하자 우중충한 분위기를 휘감은 밀리아가 나왔다.

"그래, 걱정하지 않아도 돼……."

"저, 정말로……?"

걱정하는 내게 고개를 끄덕인 밀리아는 자조적으로 웃었다.

"후후, 고작 써니래빗에게 당하는 수준인 나 따위…… 어차피 나는 좌천당한 무능하고 고리타분한 기사야…… 후후후……."

"그래, 괜찮지 않네."

이건 중증이다.

완전히 멘탈이 바스러졌다.

"분명히 말하겠는데 네가 약한 게 아니야. 그 써니래빗들이 이상한 거야."

"알아. 알지만, 그 녀석들에게 당한 짓은 좌절하기 충분했어……."

그 녀석들 진짜로 무슨 짓을 한 거야?!

"하루마를 호위하는 임무는 확실하게 완수하겠어. 하지만 그 토끼들과는—."

그 순간, 숲 쪽에서 부스럭거리는 소리가 났다.

단순히 바람에 풀숲이 흔들린 것이었지만 그 소리에 기민하게 반응한 밀리아는 「휴이?!」 하고 비명을 지르며 내 뒤에 숨어 버렸다.

"나를 방패로 삼지 마……."

"미, 미안. 하지만 녀석들의 기척을 느끼자 무서워져서……."

그 정도인가…….

사태의 중대함을 재인식한 나는 일단 밭일하러 가겠다고 말한 후 멀찍이서 이쪽 모습을 살피는 리온과 노아 곁으로 이동했다.

"하루마. 밀리아 씨는 괜찮아?"

리온의 말에 나는 고개를 가로저었다.

내 반응을 보고 심각한 표정으로 고개를 끄덕인 노아는 한동안 생각한 후에 이쪽을 보았다.

"어쨌든 지금은 밭일에 집중하자. 리온, 오늘 밤 너희 집에 가도 될까?"

"응, 전혀 문제없어."

"하루마, 오늘 밤 밀리아 씨랑 같이 써니래빗에게 어떻게 대처할지 이야기하자."

"그래."

노아의 제안에 고개를 끄덕인 나는 눈앞의 문제를 신경 쓰면서도 밭일에 집중하려고 노력했다.

***

그날 밤.

우리는 리온의 집에 모여 지금 닥친 문제에 관해 이야기를 나눴다.

즉, 써니래빗 대책과, 호위인 밀리아가 써니래빗에게 좌절해 버린 것에 관해서였다.

"어렴풋이 생각하고 있었지만 역시 써니래빗과 숲에서 싸워선 안 돼."

밀리아가 된통 당한 이야기를 들은 노아는 이마를 짚고 그렇게 말했다.

"숲속은 써니래빗의 영역이야. 그런 곳에서 녀석들을 포획하는 건 불가능해. 신체 능력과 위기 감지 능력이 높은 수인인 밀리아 씨라면 혹시 잡을 수 있지 않을까 했지만…… 방금 그 이야기를 듣고 이해했어. 우리 쪽 인원이 아무리 많아도 숲에 들어간 녀석들을 잡는 건 불가능해."

"사람이 쓰는 함정을 이용하는 것도 성가셔."

"맞아."

밀리아가 말하길, 녀석들은 추격을 피하기 위해 그 방면의 프로 빰치는 함정을 설치했다고 한다.

자기들이 무슨 모 육체파 귀환병인가.

게릴라전의 달인이냐고.

속으로 태클을 걸면서 기분을 전환했다.

"뭐, 숲속에 안 들어가면 돼. 애초에 나는 밭을 떠날 수 없어서 숲에 들어가서까지 써니래빗을 잡지는 못해."

"그렇지. 녀석들이 숲에 함정을 설치해도 우리가 들어가지 않으면 의미가 없다는 건 다행이야."

어쨌든 녀석들이 비채소를 먹으려면 밭에 올 수밖에 없다.

우리도 녀석들의 습격법을 알기에 대책을 세울 수 있는 것이다.

"그럼 다음 문제는…… 밀리아 씨네."

"맞아."

"결과만 보면 밀리아 씨가 써니래빗을 얕봐서 당한 거지만, 솔직히 그걸 책망할 생각은 안 들어. 자기 실력에 자신이 있고 위험한 마물과 싸운 경험이 많을수록 써니래빗의 작고 귀여운 생김새에 속게 돼."

심지어 써니래빗은 그 귀여운 생김새를 이용해서 밀리아에게 접근했다. 교활한 것도 정도가 있다.

"요 며칠간 써니래빗은 과도하리만큼 밀리아 씨를 계속 도발했어. 평소 같았으면 녀석들은 채소를 갉아 먹은 다음에 사람을 비웃었을 거야. 아직 채소가 열매조차 맺지 않았는데 습격하여 이런 행동에 나선 건 이상해."

"써니래빗이 밀리아를 노린 것도 뭔가 이유가 있다는 거야?"
"아마도 그렇겠지. 써니래빗들은 밀리아 씨가 자신들에게 얼마나 위험한 존재인지 이해한 걸지도 몰라."
위험한 존재라…….
아니, 잠깐만.
그렇다면 녀석들이 밀리아를 집중적으로 노린 이유는—.
"그런가…… 그렇게 된 거였나!"
"뭔가 알았어?"
"첫 접촉 때 써니래빗은 밀리아가 냉정하게 판단하지 못하도록 도발해서 스스로 숲까지 쫓아오도록 한 거야. 자신들의 영역으로 유인해서 유리한 상황을 만들기 위해……!"
"그렇게 쫓아온 밀리아 씨를 농락하고, 그 후로도 정기적으로 화를 돋워서 냉정해지지 못하도록 한 뒤 트라우마까지 심은 건가……. 즉, 써니래빗의 목적은 처음부터 밀리아 씨를 무력화하는 거였다는 뜻이야?"
"그래, 그렇겠지."
녀석들은 알고 있었던 거다.
비채소가 자라서 열매를 맺었을 때, 그걸 노리는 자신들에게 가장 방해될 존재가 누구인지를.
"하지만 반대로 말하면, 밀리아 씨가 다시 일어서 주기만 한다면 우리에게 더할 나위 없이 믿음직한 존재가 되지 않을까?"
"확실히 그렇지."

써니래빗이 사전에 대처해 두려고 할 만큼 실력자인 밀리아가 도와준다면 녀석들로부터 밭을 지킬 수 있을지도 모른다.

하지만 지금 밀리아를 다시 일으키기는 어려울 것이다.

어쩌면 좋을까 고민하고 있으니 노아가 뭔가 떠올렸는지 밝게 웃었다.

"그래. 밀리아 씨한테 채소 가꾸는 걸 도와달라고 하면 어떨까?"

"뭐? 호위도 해 주는데 밭일까지 도와달라고 하는 건 좀……."

"풍문으로 들은 적이 있는데, 꽃을 키우거나 동물과 교류하는 건 마음을 치유하는 효과가 있대."

원래 살던 세계에서도 아로마 캔들이라든가 애니멀 테라피가 있긴 했지만…… 그렇군, 채소를 가꾸면서 마음의 상처를 치유하는 건가.

"지금 밀리아 씨는 몹시 낙담한 상태니까 본래 역할인 호위 임무조차 자신에게는 적합하지 않다고 생각하기 시작할지도 몰라. 그렇기에 지금 밀리아 씨가 할 수 있는 일을 하루마가 제시해 주는 거야."

"……알겠어. 내일 도와달라고 부탁해 볼게."

나도 모처럼 이곳에 온 밀리아가 딱한 일을 겪지 않기를 바라니 말이지.

***

"밭일을 도와달라고?"

"으, 응. 리온도 노아도 볼일이 있어서 못 온다는 모양이라……."

이튿날, 나는 바로 밀리아에게 밭일을 도와달라고 제안했다.

때때로 도와주러 오는 노아와 리온이 없어서 일손이 부족하니 밀리아가 도와줬으면 좋겠다는 단순한 구실이었다.

속이는 것 같아서 심경이 복잡했으나 그래도 밀리아를 위한 일이었다.

"……상관없어. 뭘 하면 되지?"

"고마워. 그럼 삽을 가져올 테니까 흙을 날라 주지 않을래?"

"알겠다."

받아들이기는 했지만 아직 침울해 보였다.

나는 밀리아의 모습을 신경 쓰면서 삽과 손수레를 가지러 오두막 뒤편으로 갔다.

밀리아에게 도와달라고 했지만 내가 하는 일은 평소와 크게 다르지 않았다.

기후마법으로 비를 내리고, 그 안에서 에릭 씨가 바람마법을 인챈트한 로브를 입은 채 작물과 흙을 관리했다.

"비오이 잎은…… 응, 문제없네."

실은 우천 기후마법으로 비오이와 비토마토를 키우는 게 불안했다.

식물 병해— 식물이 걸리는 병.

비채소가 그것들에 감염되어 증상이 나타나진 않았는지 나는 세심한 주의를 기울였다.

"그중에서도 백분병은 기후마법과 상성이 너무 나쁘니까……."

백분병은 잎에 하얀 반점 같은 것이 생기는 병이다.

이 병에 걸리면, 잘 컸을 작물이 충분히 성장하지 못하는 등 여러 가지 피해가 생긴다.

그런 백분병의 원인 중 하나가 너무 높은 습도였다. 비를 내려서 습도를 높이는 내 마법과는 절망적으로 상성이 나빴다.

게다가 이 병은 곰팡이의 일종이기도 해서 다른 잎에도 감염될 우려가 있었다.

백분병에 걸리면 최악의 경우는 솎아 내야 한다.

"그걸 막기 위해서도 세심한 주의를 기울이며 봐야지……."

비오이 잎의 뒷면까지 하나씩 확실하게 확인했다.

그러자 밀리아가 흙을 담은 수레를 끌고 왔다.

"가져왔어."

"그래, 고마워억?!"

밀리아가 끌고 온 수레에는 흙이 그야말로 산더미처럼 쌓여 있었다.

필요한 양의 세 배는 되는 흙더미를 보고 아연해하자 밀리아는 겸연쩍은 모습으로 고개를 숙였다.

"미, 미안. 너무 많았나?"

"으, 응. 절반 정도면 돼……."

오히려 이런 양을 용케 수레에 싣고 왔다.

몇 분 후, 이번에는 딱 적당한 양의 흙을 가져왔다.

"응, 고마워."

"다음은 뭘 하면 되지?"

"으음~ 다음은…… 나처럼 흙과 잎을 확인해 줄래?"
"알았다."
"자, 잠깐 기다려!"
조금도 망설이지 않고 비가 쏟아지는 밭에 들어오려고 하는 밀리아를 황급히 말렸다.
"어? 왜?"
"나처럼 밭까지 들어오지 말고 바깥에서 작물을 확인해 주면 돼. 비 때문에 젖을 테니까."
밀리아의 복장은 몸을 움직이기에는 적합했으나 방수 성능은 뛰어나지 않았다.
당황하면서도 고개를 끄덕인 밀리아에게 예비 바구니를 주고 작물을 어떻게 확인하면 되는지 가르쳐 줬다.
"특별히 어려운 일은 아니야. 잎에 벌레가 붙어 있으면 떼서 바구니에 넣어 줘. 그리고 지저분하게 하얀 반점이 생긴 잎을 발견하면 바로 나를 불러. 또—."
최대한 간단히 설명하자 밀리아는 어색하게 잎을 잡고 지그시 관찰하기 시작했다.
낯선 일을 하고 있어서 그런지 머리에 난 귀는 긴장을 나타내듯 쫑긋하게 서 있었다.

"늘 이런 일을 하나?"
작업을 시작한 지 한 시간쯤 지났을 때.

비에 쓸려 간 흙을 보충하며 잎을 확인하고 있으니, 지금껏 말없이 작업하던 밀리아가 불쑥 그런 질문을 했다.

"하하하, 따분하다고 생각했지?"

"뭐, 솔직히."

그렇게 생각하는 것도 이해한다.

뭐, 나도 옛날에 똑같은 생각을 했으니까.

"나도 어릴 때는 이런 작업을 싫어했어. 이런 따분한 작업을 도와줄 바에야 밖에서 놀고 싶었지."

어린 시절의 나에게 부모님을 도와 농사짓는 것은 노는 시간을 빼앗는 귀찮은 일일 뿐이었다.

생활하려면 일해야 한다든가 그런 건 전혀 몰랐고, 자신의 즐거움만을 우선했다.

떠올릴 때마다 나는 정말로 이기적인 꼬맹이였구나, 하고 절실히 반성한다.

"지금은 즐거워 보이는데……."

"이런 식으로 즐길 수 있다는 걸 알았으니까."

어른이 되어 사회에 발을 들이고 나서 알았다.

즐겁게 일할 수 있는 것이 얼마나 축복받은 일인지.

자기가 하고 싶은 일을 하고, 그 일로 보람을 느끼며, 그렇게 하루하루를 보낼 수 있는 것. 사회에서 일하는 많은 사람이 바라는 이상적인 생활일 것이다.

"……나는 네게 사과해야 해."

"응? 뭘?"

"처음에는 나를 이곳으로 오게 만든 비채소를 좋아할 수 없었어. 하지만 지금 이렇게 마주하고— 네가 이 작물에 얼마나 많은 수고와 정열을 들여 키우고 있는지 이해했어."

밀리아는 비토마토 잎을 손으로 받치고서 고개를 숙였다.

"나는 「고작해야 채소와 농부」라고 속으로 깔보고 있었던 거야. 내가 기사로서 긍지를 가지고 임무에 임하는 것처럼 너도 열의를 가지고서 채소를 키우고 있어. 그런데 이기적인 이유로 비채소를 혐오하고 말았어. 그러니까…… 미안해."

자신을 이곳으로 오게 만든 비채소를 싫어했다라.

솔직히 나는 전혀 화나지 않았었다.

"그럼 앞으로 알아 가면 되잖아."

"……뭐?"

생각해 보면 밀리아는 우리가 밭일하는 모습을 최대한 안 보려고 했을지도 모르겠다.

그래서 아까도 작업하는 모습이 어색했고, 아무 생각 없이 비 내리는 밭에 들어오려고 한 것이다.

무의식적으로 비채소를 피하던 밀리아가 오늘 마침내 눈을 돌려 마주해 줬다.

그렇다면 내가 해야 할 일은 하나.

"너만 괜찮다면 앞으로도 밭일을 도와주지 않을래?"

지금부터 비채소의 좋은 점을 알려 주면 된다.

내가 제안하자—.

“이런 나라도 괜찮다면, 기꺼이 힘이 되겠어.”

밀리아는 미소 지으며 그렇게 대답해 줬다.

***

밀리아가 밭일을 도와주게 됐다.

내 쪽에서 부탁하기도 했지만, 밀리아 자신이 솔선해서 도와주게 되어 무척 보탬이 되었다.

“하루마, 이건 어떻게 하면 되지?”

“아, 그건 줄기를 다시 묶기만 하면 돼.”

비토마토 줄기와 지지대를 묶은 끈이 거의 풀린 것을 발견한 밀리아에게 알기 쉽게 설명했다.

“배우는 게 빨라서 많은 도움이 돼.”

“그, 그래?”

“응. 나는 처음에 완전히 더듬더듬 작업했으니 말이지.”

비양배추 때는 전부 처음이라 정말로 큰일이었다.

뭐, 그 덕분에 채소 재배의 즐거움을 알게 됐으니, 결과가 좋으면 그만이지.

“그럼 다음 작업으로…… 밀리아, 왜 그래?”

“낯선 인물이 이쪽으로 오고 있어.”

“응?”

밀리아의 시선을 따라가자 이쪽으로 다가오는 두 사람이 보였다.

자세히 보니 한 명은 한 손에 짐을 든 몸집 큰 남성이고 다른 한 명은 여성인 것 같았다.

"저 두 사람은……."

"아는 사람인가?"

"어. 예전에 신세 진 사람이야."

일단 밭에서 나가 두 사람 곁으로 걸어갔다.

나를 보고 웃은 두 사람이 손을 흔들었다.

"오, 하루마. 열심히 일하고 있군."

"안녕하세요, 하루마 씨."

예전에 써니래빗이 울타리를 부숴서 비양배추가 먹힐 뻔했을 때 밭을 지켜 준 빅터 씨와 니아 씨 부부였다.

변함없이 쾌활한 빅터 씨와 상냥하게 웃는 니아 씨에게 인사한 나는 밀리아를 소개했다.

"이쪽은 저를 호위해 주고 있는 왕국의 기사, 밀리아입니다. 밀리아, 이분들은 이 마을에서 농사를 짓는 빅터 씨와 니아 씨야."

"하루마의 호위를 맡은 밀리아 크라리오다. 자, 잘 부탁한다."

"어머나, 예쁜 사람이네!"

어이쿠, 니아 씨의 너무나도 직설적인 칭찬이 밀리아를 직격했다.

칭찬받는 것에 별로 익숙하지 않은지 밀리아는 쑥스러워하며 고개를 숙여 버렸다.

"두 분은 왜 여기에?"

"아, 잠깐 마을에 물건 사러 나온 김에 네 얼굴도 보고 가려고 들렀지. 최근에 또 써니래빗 때문에 고생하고 있지?"

"네. 그 토끼들 때문에 진짜 애먹고 있어요……."

"그렇겠지. 우리도 정신 차리고 보면 당한 뒤이곤 하니까……."

빅터 씨와 함께 고개를 끄덕였다.

써니래빗의 피해자는 나뿐만이 아니었다. 오히려 마을의 모든 농가가 써니래빗의 피해자라고 해도 좋았다.

"하루마에게 호위가 붙었다는 얘기는 노아 님께 들었지만, 설마 한 명뿐이야?"

"네."

"말도 안 돼. 왕국 녀석들은 너의 중요성을 모르는 건가? 안 그래?"

빅터 씨가 옆에 있는 니아 씨에게 동의를 구했다.

니아 씨는 여전히 상냥하게 웃으면서 그 말에 고개를 끄덕였다.

"그러게. 하지만 밀리아 씨라면 괜찮지 않을까?"

"확실히 실력도 있어 보이고, 웬만한 일에는 대처할 수 있겠어."

빅터 씨와 니아 씨의 시선을 받고 밀리아가 또 쑥스러워했다.

두 사람 다 친화력이 있는 사람이라 거리감을 잡기 어려운 거겠지.

"아, 아니, 나는 호위로서도 미숙해서……. 부끄럽지만 요전번에는 써니래빗에게 철저히 패배하고 말았어."

"그런가. 뭐, 그 녀석들이 상대라면 어쩔 수 없겠지. 너무 신경 쓰지 마…… 아야?!"

별생각 없이 그렇게 말한 빅터 씨의 옆구리를 니아 씨가 주먹으로 비교적 세게 때렸다.

"하여간 당신은 무신경하다니까. 밀리아 씨는 처음으로 써니래빗과 마주한 거잖아."

"으, 응. 그것도 그렇지. 무신경한 소리를 해서 미안하다."

"아, 아니, 그렇지는……."

빅터 씨가 사과하자 밀리아는 애매하게 대답했다.

밀리아도 신경 쓰인 점이 있었는지 조심스레 두 사람에게 말했다.

"이 마을 농가와 써니래빗의 인연은 깊은가?"

"그냥 깊은 게 아니야. 우리 마을에서는 「밭이 있는 곳에 써니래빗이 있다」라는 말이 있을 정도야."

"맞아. 우리가 어렸을 때부터 밭에 써니래빗이 출몰했었어."

듣고 알았는데, 역시 이 마을의 써니래빗은 위험한 것 같다.

그 보스 써니래빗이 세대교체로 바뀐 게 아니라면 두 사람이 어렸을 때부터 농가와의 싸움을 경험했을 가능성이 있었다.

"우리는…… 아니, 여기 사는 주민은 거의 전원이 어릴 때 써니래빗에게 속아서 호된 꼴을 당했어. 아아, 호된 꼴이라고 해도 크게 다친 건 아니고 가볍게 넘어지거나 작은 구덩이에 빠지는 정도지만."

"가차 없네요……."

"크게 다치진 않지만 아무튼 울컥한단 말이지……."

"후후후. 이 사람은 어릴 적 내가 써니래빗의 함정에 빠졌을 때 엄청나게 화를 내면서—."

"으아아?! 느닷없이 무슨 소릴 하는 거야?!"

니아 씨가 무슨 얘기를 하려고 했는지 대충 알 수 있었지만, 그걸 빅터 씨가 새빨간 얼굴로 막았다.

"사이가 좋으셔서 다행이네요."

"후후후, 그렇대, 여보."

"아~ 좀 창피하네……."

그대로 한동안 부부와 이야기하다가 밀리아가 생각에 잠긴 표정을 짓고 있음을 깨달았다.

"……역시 겉만 보고 판단하면 안 되는군."

"밀리아?"

"음? 아니……. 써니래빗과 처음 마주했을 때 내 생각이 얼마나 얕았는지 새삼 자각해서 말이야."

밀리아가 힘없이 웃었다.

써니래빗이 새긴 공포와 굴욕이 아직 가시지 않았는지 그 웃음도 어딘가 어색했다.

"나는 네게 보탬이 되고 있을까……."

밀리아가 작게 중얼거린 약한 소리에 나는 바로 반론했다.

"네가 도와줘서 충분히 보탬이 되고 있어."

"하지만……."

"그렇게 자신을 비하하지 않아도 돼."

밀리아가 말을 머뭇거리자 빅터 씨가 끼어들었다.

"농사는 참 신기해서 말이야. 혼자서 작업하면 공정 하나가 아주 길게 느껴지지만, 단 한 명만 도와줘도 작업 효율이 확 올라가."

“한 명만 도와줘도…….”

“뭐라고 해야 할까. 같이 도와주는 사람이 있다고 생각만 해도 의욕이 넘쳐흘러. 숫자보다도 마음의 문제지. 하루마도 그렇지?”

“네, 맞아요.”

확실히 누군가 도와주는 사람이 있으면 끝이 보이지 않는 작업에도 희망이 생긴다.

요컨대 마음이 든든한 것이다.

단순하지만 이건 중요하다고 나도 생각한다.

“빅터 씨가 말한 대로 너는 내게 보탬이 되고 있어.”

“하루마가 이렇게까지 말하잖아. 그쪽도 자기 자신을 믿어 줘.”

“그러네…….”

“그리고 하루마 씨에게는 밀리아 씨 말고도 리온과 노아 님이 있으니까.”

“저기, 니아 씨……. 확실히 그렇긴 하지만, 뭔가 함축적인 표현으로 들리는데요…….”

“우후후.”

뭐랄까, 강하다.

이 마을에 사는 한, 니아 씨에게는 꼼짝 못 할 것 같다.

“너무 오래 있기도 미안하니 슬슬 돌아갈까.”

“응, 그러자.”

“하루마, 비채소 재배, 힘들지도 모르지만 열심히 해라.”

“네!”

"곤란한 일이 생기면 사양 말고 찾아와. 너는 이제 이 마을의 일원이니까."

"노아 님과 리온에게도 안부 전해 줘."

빅터 씨의 말을 기쁘게 여기며 두 사람을 배웅했다.

마을의 일원이라. 정말이지 기쁜 말이다.

"좋은 사람들이군."

"그래. 정말로."

밀리아의 중얼거림에 동의했다.

"다시 작업하러 갈까."

"그래야지. ……하루마."

"응?"

기지개를 켜며 밭에 돌아가려고 하는 나를 밀리아가 불러 세웠다.

돌아보자 밀리아가 결의를 다진 표정으로 나를 바라보고 있었다.

"내게 채소에 관해 더 가르쳐 줘."

밀리아의 말에 나는 멍해졌지만 곧장 그 의도를 이해하고 고개를 끄덕였다.

"그래, 알겠어. 맡겨 둬."

"……고맙다."

밀리아의 마음을 받아들이고 다시 밭에 들어가기 전에— 일단 말해 뒀다.

"아, 하지만 내 지식만으로는 불안하니까 노아한테도 가르쳐 달라고 해."

"내가 이런 말 하기도 뭐하지만, 그건 좀 그런 것 같아……."

"지식은 노아가 더 자세히 아니까……."

뭔가 맥 빠지는 느낌이 되어 버렸으나, 밀리아와 마음의 거리가 또 한 걸음 줄어들어서 나는 기뻐졌다.

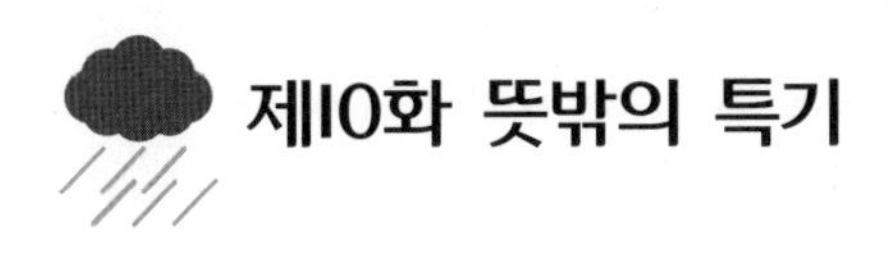

제10화 뜻밖의 특기

밀리아가 밭일을 도와주게 되고 며칠이 지났다.

아직 어색한 구석이 있지만 그래도 밀리아는 진지하게 작업에 임해 줬다.

"수박도 덩굴이 꽤 자랐는걸."

짚 속으로 숨어들듯 성장 중인 수박의 덩굴을 보고 그렇게 중얼거렸다.

수박은 그 특성상 옆으로 넓게 성장하기에 제대로 자랄지 걱정했는데, 짚을 깐 덕분에 성장하는 방향이 잘 유도된 듯했다.

그래도 이웃한 수박의 덩굴과 덩굴이 뒤얽히지 않게 나는 덩굴 일부를 뜯어냈다.

"어? 그거 뜯어도 되는 건가?"

그 작업을 보고 밀리아가 의아해했다.

"응. 이웃한 수박이 뒤얽히지 않게 뜯어내는 거야. 이렇게 하면 키우고 싶은 덩굴에 영양을 보낼 수 있고, 무엇보다 덩굴이 성장하는 방향을 유도할 수 있어."

이 작업도 적심이라고 할 수 있었다.

지금까지 여러 번 뜯어내서 수박도 순조롭게 자라고 있었다.

"이제 꽃이 피면 수분시켜서……."

다만 기후마법으로 만든 비에 꽃가루가 씻겨 내려가지 않을지 그게 문제였다.

일어서며 후드를 벗고 이후 예정을 생각하고 있으니 밀리아가 손을 멈추고 이쪽을 보았다.

"왜?"

"아니……. 채소는 내가 생각한 것보다 더…… 복잡한 생물이구나 싶어서."

"하하하, 그렇지. 수박은 수고를 생각하면 진짜 귀찮아."

실제로 나는 과거 기억에 의지하여 밭일을 하고 있었다. 특히 수박은 아버지가 밭의 빈 공간에 취미로 키웠던 것이라 배운 게 그리 많지 않았다.

희미하게 기억하는 아버지의 재배법과 『비채소의 극의』에 적힌 기록을 참고하며 지금도 더듬더듬 작업하고 있었다.

"그래서 초반에는 어떤 싹을 떼야 하는지 노아한테 확인하면서 했었어."

불확실한 기억만 가지고 행동하면 되돌릴 수 없는 일이 벌어지니까.

나보다 압도적으로 농사 경험이 풍부한 노아에게 배우면서 하는 편이 확실했다.

"지금까지 나는 채소 같은 건 땅에 심어 두면 알아서 자라는 줄 알았어."

"뭐, 자연 속에서 생육하는 채소도 있으니까. 네 말도 아예 틀린 건 아니야."

그런 걸로는 참마가 유명하려나?

비채소도 원래는 비의 대지에서 사람의 손길을 빌리지 않고 생육했던 모양이고.

“채소는 심오하구나.”

“그렇지. 종류에 따라 키우는 방법도 여러 가지로 달라지니까. 그만큼 돌보는 것도 힘들지만—.”

밭 전체를 둘러보고 나서 살짝 쑥스러워하며 밀리아를 보았다.

“즐거워. 그래, 즐거워. 이렇게 말하면 좀 이상한데 『이 녀석들은 내가 키우고 있다!』라는 실감이 들어.”

“……그런가. 그렇게 생각할 수 있는 건 아주 좋은 일이야.”

나는 이 세계에서 내가 하고 싶은 일을 찾아냈다.

원래 살던 세계에서는 생각할 수 없었던 일이다.

“얘기가 길어졌네. 슬슬 다시 작업할까.”

“그래. 다음은 뭘 하면 되지?”

“으음~ 그럼—.”

그때, 밭 주위를 둘러싼 울타리가 문득 눈에 들어왔다.

목재와 못을 써서 대충 만든 울타리는 빈말로도 완성도가 좋지 않아서 아마추어티가 팍팍 났다.

“으음…….”

“왜 그래?”

“아니, 요전번에 써니래빗 대책으로 울타리를 만들었는데 이것 가지고는 불안하다 싶어서.”

내 기술로는 이것보다 나은 울타리를 만들기 어려웠다.

결국 목재에 못을 박아 이어 붙였을 뿐이니 말이지. 녀석들의 몸통박치기에 분쇄될지도 모르고, 땅을 파서 들어올 가능성도 있다.

어쩔까 고민하고 있으니 밀리아가 울타리에 다가갔다.

"밀리아?"

밀리아는 울타리를 잡아 강도를 확인하고 땅에 확실히 박혀 있는지 보는 것 같았다.

몇십 초 정도 울타리를 조사한 밀리아가 나를 돌아보았다.

"조잡해. 이걸로는 써니래빗을 전혀 막지 못해."

"크윽?!"

매우 직설적인 평가가 가슴에 푹 꽂혔다.

알고는 있었지만, 역시 내가 만든 울타리로는 안 되나…….

"내가 만들까?"

"그래 주면 고맙긴 한데…… 부탁해도 돼?"

"그래, 물론이지."

그렇게 대답하고 밀리아는 오두막 뒤편에서 공구와 목재 등을 가져와 밭 주위의 울타리를 보강하기 시작했다.

"오오……!"

밀리아는 망설이지 않고 망치를 휘둘러 눈 깜짝할 사이에 울타리를 보강해 나갔다.

나는 손가락을 때릴 것 같아서 흠칫거리며 망치를 썼었는데…….

뭐랄까, 굉장히 익숙해 보였다.

"의외인가?"

"어, 응."

"훗, 그렇겠지."

내가 대답하자 밀리아는 재미있다는 듯 웃었다.

아니, 곰곰이 생각해 보면 텐트와 그 주변에 있는 소품도 전부 밀리아가 만든 것이었다. 울타리 보강 같은 것은 식은 죽 먹기이리라.

"수인족이 사는 지역은 조금 특수해서 말이야."

"어?"

"나무 위에 집을 짓거나 깊은 숲속에 거처를 만들어. 도시에 있는 목공은 그런 일을 못 하니까 우리가 직접 집을 지어야 하지."

"그, 그렇구나……."

"나는 이래 봬도 힘이 셌거든. 자주 일을 도왔어."

그래서 익숙한 건가.

"그리고 기사라는 입장상 장기 임무 때는 거점이 될 장소도 중요하니까. ……이건 비밀인데, 거점이 지내기 불편하면 임무에도 영향을 미쳐서 조금이라도 쾌적하게 지내기 위해 기술이 필요해져."

"예를 들면?"

"땅에 누워 자기 싫으면 해먹을 만드는 거지."

"그렇게 간단히 만들 수 있어?"

"그래. 딱 좋은 나무와 적당한 덩굴이 있으면 돼. 빈말로도 좋은 잠자리는 아니지만, 땅에 누워 자는 것보다는 나았어."

이세계 기사의 아웃도어 스킬 엄청나네.

"……좋아, 이 정도면 어때?"

밀리아의 목공 스킬에 놀라는 사이에 울타리 보강이 끝났는지 뿌듯한 표정으로 내게 보여 줬다.

"어디 보자…… 오, 몰라보게 좋아졌어……!"

내가 만든 것은 간신히 울타리 형태를 갖춘 허술한 물건이었지만, 밀리아가 조금 손을 봤을 뿐인데 그 부분만 아주 튼튼하게 바뀌어 있었다.

"괴, 굉장해……! 이 울타리라면 그 토끼들을 견제할 수 있겠어!"

"그렇게까지 칭찬받을 만한 수준은 아닌데……."

"너만 괜찮다면 다른 곳의 보강도 부탁할 수 있을까?"

"조금 시간이 걸릴지도 모르지만 그래도 괜찮다면 하지."

밀리아 덕분에 써니래빗의 습격에 대비할 수 있을 것 같다.

여전히 써니래빗을 격퇴할 방법은 못 찾았으나 그래도 조금 전진한 기분이 들었다.

***

오늘도 저녁은 에릭 씨의 집에서 대접받았다.

이 집을 떠났으니까 직접 밥을 지어 먹어야겠지만, 리온이 그걸 허락해 주지 않아서 지금도 저녁을 먹으러 오고 있었다.

아무래도 리온은 내가 제대로 밥을 먹지 않을 것이라고 의심하는 듯했다.

확실히 원래 살던 세계에서는 요리와 거리가 먼 생활을 했다. 아침은 편의점 삼각김밥, 점심은 대충 때우고, 밤에는 편의점 도시락을 먹는 건강하지 못한 식생활의 표본 같은 생활이었으니, 리온의 의심이 아주 빗나간 것은 아니었다.

"하루마 군, 비채소 재배는 순조로운가?"

"네, 지금으로서는 이렇다 할 문제도 없어요."

에릭 씨의 의문에 대답하자 이번에는 리온이 말했다.

"써니래빗은 이제 안 와?"

"아~ 그 녀석들은 아마 수확할 수 있을 만큼 채소가 클 때까지 안 나타날 거야."

밀리아를 좌절시킨다는 목적을 달성한 지금, 녀석들이 할 행동은 우리를 도발하는 것과 비채소를 습격할 타이밍을 기다리는 것뿐이다.

아마 가장 성장이 느린 수박이 아니라, 토마토나 오이를 노릴 것이다. 아니, 오이는 잎이 꺼칠꺼칠하니 어쩌면 피할지도 모른다.

그렇다면 토마토가 열매를 맺을 때 오려나……?

"뭐, 어쨌든 지금은 그렇게 걱정하지 않아도 될 거야. 만약 오더라도 후우로가 있으니까."

"멍!"

이제 써니래빗은 후우로를 무서워하지 않지만, 그래도 후우로의 탐지 능력은 우수하다.

"그러고 보니 하루마 군. 마법 다루는 것은 익숙해졌는가?"

“네, 최근에는 꽤 다루기 쉬워졌어요. 스트레스를 느끼지 않도록 다루는 걸 의식해서 부담이 줄어든 것 같아요.”

“흠, 좋은 경향이야. 예전에도 가르쳐 줬지만 마법은 정신에 좌우되네. 마음가짐에 따라 강해지기도 하고 약해지기도 하며, 육체와 정신에 가해지는 부담이 경감되기도 해.”

즉, 지금 이대로 계속하면 마법을 다루는 부담이 더 줄어들어서 작업 효율도 올라간다는 건가.

그렇게 리온이 만들어 준 밥을 먹으면서 근황을 보고하고 실없는 잡담을 했다.

평소와 다름없는 저녁 식사 광경이었지만 오늘은 새로운 얼굴이 함께 앉아 있었다.

“밀리아, 아까부터 수저가 안 움직이는데 속이라도 안 좋아?”

오늘 처음으로 이 집에서 같이 저녁을 먹는 밀리아는 뻣뻣하게 굳어 있었다.

“소, 속은 괜찮지만, 막상 진짜 에릭 님과 같이 식사하려니 긴장돼서…….”

“아~ 그런 건가.”

밀리아의 반응을 보고 에릭 씨는 명랑하게 웃었다.

“하하하, 그렇게 긴장하지 않아도 되네. 자네는 하루마 군의 친구로서 이 자리에 있는 것이니 거리끼지 않아도 돼.”

“에릭 씨도 이렇게 말씀하시니까 좀 더 어깨의 힘을 빼는 게 어때?”

“하, 하루마! 에릭 님은 북쪽의 대현자야! 마법 교본에도 실린 분이고, 대장님의 스승님이기도 한 대단한 분이라고!"

밀리아는 마치 좋아하는 연예인을 만난 팬처럼 반응했다.

아니, 실제로 밀리아에게는 그렇겠지만.

지금이야 익숙해졌으나, 그러고 보니 에릭 씨는 북쪽의 대현자라고 불릴 만큼 대단한 사람이었다.

"뭐, 이래 봬도 나는 대륙 전토에 이름을 떨치는 현자니 말이지. 리온, 네 할아버지는 대단하단다."

정작 본인은 손녀에게 존경의 눈길을 받고 싶은지 리온을 힐끔힐끔 곁눈질하며 반응을 엿보고 있었다.

이에 리온은 빵을 베어 물며 「흐응~」 하고 담담하게 반응했다.

생각보다 더 냉담한 반응에 에릭 씨는 시무룩해졌다.

리온, 불쌍하니까 좀 더 제대로 반응해 줘……!

그런 에릭 씨의 모습을 코앞에서 본 밀리아는 나한테만 들릴 목소리로 말했다.

"에릭 님은 평소에 저런 느낌인가……?"

"늘 그렇지는 않지만, 꽤 장난기가 많은 분이지."

리온과 관련된 일에는 폭주하는 구석도 있지만. 그건 뭐, 랑그롱 씨와 마찬가지로 개성이라고 해 두자.

혼자 납득하고 있으니 기운을 회복한 에릭 씨가 밀리아를 보았다.

"리나 양은 잘 지내고 있는가?"

"앗, 네. 대장님은 변함없이 업무에 힘쓰고 계십니다."

"그래그래, 그거 다행이군."

리나 씨는 밀리아가 소속된 부대의 대장님인가?

"그 친구는 여전히 표정을 읽을 수가 없나?"

"아니, 그건…… 네."

"역시나. 옛날부터 그 탓에 사람들에게 쉽게 오해받는 아이였는데 지금도 그런가."

밀리아가 고개를 끄덕여 대답하자 에릭 씨는 이해했다는 듯 수긍했다.

"자네를 이곳에 파견할 때도 최소한의 사항만 전달했겠지."

"예?! 화, 확실히 그랬지만…… 왜 그렇게 생각하셨습니까?"

"그 아이는 상대를 신뢰할수록 말수가 적어져. 뭐, 그래도 문제는 없지만, 그 탓에 아무래도 의도가 완벽하게 전달되지 않을 때가 있지."

"할아버지, 그게 무슨 말이야?"

신경 쓰였는지 리온이 에릭 씨에게 질문했다.

"예를 들어 『너를 신뢰하니 맡기겠다』고 상대에게 전하려 할 때, 그 아이는 『신뢰한다』는 부분을 빼고 『너한테 맡긴다』라고 방임하듯 말해 버려. 본인은 모든 뜻을 담아서 전했다고 생각하겠지만, 기본적으로 그 아이는 감정을 겉으로 드러내지 않으니까 상대에게 쉽게 오해받아."

그렇군. 그런 타입의 과묵한 사람인가.

에릭 씨의 설명을 듣고 리온이 자신을 가리켰다.

"뭔가 나랑 조금 비슷할지도. 나도 그런 건 서툴러."

"아니, 리온은 표정이 꽤 풍부해."

"어? 진짜?"

내가 지적하자 리온이 놀랐다.

확실히 평소에 조용조용 이야기하는 모습을 보면 감정을 파악하기 어려울 것 같지만, 내가 보기에는 꽤 잘 드러났다.

"밥 먹을 때는 슬쩍 웃고, 요리하기 전에는 기분이 좋고. 아, 식재료를 껴안고 있을 때도 기뻐 보여."

"그거, 내가 먹을 거에만 감정을 드러낸다는 말로 들리는데."

말하고 나서 실수했다고 생각했다.

"왜 시선을 피해?"

뚱한 눈으로 쳐다보는 리온의 추궁으로부터 도망치고 있으니 옆에 앉은 밀리아가 안도하며 가슴을 쓸어내렸다.

"그런가, 대장님은 나를 신뢰하신 건가……. 정말로 다행이야."

……지금은 가만 내버려 둘까.

여기 오기 전에 리나 씨와 어떤 이야기를 했는지 나는 모르지만, 밀리아가 속으로 불안해하고 있었다는 것은 안다.

지금 그 불안도 해소되었으니 밀리아가 조금이라도 앞을 보게 되었으면 좋겠다.

제11화 써니래빗과의 결전

밀리아가 울타리를 보강해 준 덕분에 밭의 수비가 강화되었지만, 여전히 써니래빗 대책에 불안은 남아 있었다.

상황을 중대하게 본 나는 조사단으로 왔던 케빈 씨와 이야기할 수 없을지 에릭 씨에게 상담해 보았다.

에릭 씨가 가진 마도구를 이용하면 멀리 떨어진 왕국과도 통신할 수 있다고 들었기 때문이다.

케빈 씨라면 써니래빗을 격퇴할 방법을 알지 않을까 하는 생각도 있지만, 뭔가 힌트라도 얻을 수 있다면 감지덕지였다.

『그 써니래빗을 정공법으로 어떻게 할 방법은, 없네!』

마도구로 투영된 영상 속 케빈 씨가 무리라고 깨끗이 단언했다.

"어, 어째서죠?"

『단순히 머리가 좋으니까. 아마도 자네들이 상대하는 써니래빗은 매우 특수한 개체일 거야. 어쩌면 인간보다 지능이 높을 가능성도 있어. 그 지능에 야생의 본능과 민첩함이 더해졌다면 손쓸 방도가 없지.』

케빈 씨조차 녀석들을 그렇게까지 평가하는 건가.

슬슬 절망적이라는 생각이 들기 시작했다.

『하지만 방법이 없지는 않네.』

"그 방법이란 뭐죠?"

『써니래빗이 사는 숲을 태우는 거지. 이게 가장 확실한 방법이야.』

"될 리가 없잖아요!"

이 사람은 태연한 얼굴로 무슨 말을 하는 거야?!

숲을 태우다니, 그렇게까지 해서 채소를 키우고 싶지는 않아!

혹시 케빈 씨 나름의 농담인가?

『그런가? 음, 가장 빠른 방법인데 말이지.』

농담이 아니었어.

방금 그 말은 못 들은 것으로 하자. 그래. 이 사람이 얼마나 엉뚱한지 잘 알았다.

"다른 방법은 없나요?"

『왕국에서 토벌대를 파견하는 방법도 있지만. 이쪽은 별로 가망이 없지.』

"뭐, 상대는 써니래빗이니까요."

『게다가 피해라고 해도 작물을 망치기만 할 뿐, 사람을 해치지는 않으니 말이야. 귀중한 비채소를 노리고 있다고 보고하면 찬동하는 사람은 있겠지만, 그 이상으로 반대하는 목소리가 나올 거야.』

아직 비채소의 유용성이 확립되지 않았으니 왕국의 협력도 바랄 수 없나.

즉, 우리끼리 어떻게든 할 수밖에 없다.

『자네들 쪽에서도 뭔가 대책을 강구하고 있나?』

"네. 대책이라고 해도 밀리아가 울타리를 강화한 것 정도지만요…….
그리고 노아가 마을 농부들에게 써니래빗을 조심하라고 말하고 다니며 경계를 강화하고 있습니다."

내 밭을 같이 지켜 주겠다고 제안한 사람도 있었지만 그건 거절했다.

써니래빗은 확실히 비채소에 집착하고 있으나, 다른 밭의 채소를 안 먹지는 않아서 마을에 적잖은 피해가 생기고 있었다.

자신의 밭을 희생하고 비채소를 우선하는 것은 똑같이 채소를 키우는 자로서 참을 수 없었다.

『벽에 부딪친 상황인가.』

"……."

『낙담할 필요 없네. 그래서 나를 찾은 것 아닌가. 그렇다면 미력하나마 지혜를 빌려줘야지.』

"케빈 씨……! 정말로 감사합—."

『자네가 비채소를 완성시키지 않으면 내 연구가 진척되지 않으니까!』

멋지게 웃으며 그렇게 말하는 케빈 씨를 보고 어깨를 축 떨구고서 이야기에 귀를 기울였다.

『먼저 내가 해 줄 수 있는 조언은…… 그래, 상대가 머리 좋은 녀석들이라면 똑같은 눈높이에서 싸우지 말아야 해.』

"그건…… 으음, 무슨 뜻이죠?"

『간단히 말하면 그들에게 지혜로 대항해선 안 된다는 거야. 작전을 세우는 것도 중요하지만, 때로는 힘으로 밀어붙여야 더 쉽게 이길 수 있어.』

"힘으로……."

확실히 케빈 씨의 말도 일리가 있다.

어설프게 궁리하니까 움직임을 읽히는 것일지도 모른다. 어렵게 생각하지 말고 써니래빗을 격퇴하는 것에만 집중하면 그나마 희망이 보인다.

『그러려면 자네의 호위인 밀리아가 다시 일어서야겠지.』

"그렇죠."

『써니래빗은 가장 먼저 그녀를 배제하려고 했어. 그건 즉, 그녀가 바로 써니래빗에 대항할 비장의 카드라는 것이지.』

예전에 노아도 비슷한 말을 했었다.

그때는 밀리아를 다시 일으키기 어렵다고 느꼈지만, 지금은 적어도 희망이 보였다.

써니래빗과의 싸움에서 한 줄기 광명을 찾고 나는 케빈 씨와의 통신을 종료했다.

"어라? 하루마, 벌써 돌아가게?"

돌아가려고 현관으로 향하다가 설거지를 끝낸 리온과 맞닥뜨렸다.

리온의 말에 고개를 끄덕이자 리온은 조금 고민하는 모습을 보였다.

"무슨 일 있어?"

"새로운 비채소를 어떻게 요리할지 지금 하루마에게 물어봐 둘까 싶어서."

"그 얘기구나."

비양배추 때는 캐비지롤을 만들어 줬는데 이번에는 어떤 요리를 요청해 볼까.

하지만 이번에는 식자재가 너무 심플하니 말이지.

"비수박은 그냥 소금 뿌려 먹으면 되고……. 비토마토와 비오이로 샐러드를 만드는 건 너무 심플하고……. 아, 그러고 보니 이 마을에서 치즈도 구할 수 있어?"

"응, 지금 주문해 두면 구할 수 있어."

치즈를 준비할 수 있다면 그걸 만들 수 있겠다.

"내가 원래 살던 세계에 『피자』라는 음식이 있었어."

"어떤 음식이야?"

흥미진진한 모습으로 묻는 리온에게 피자 만드는 법을 간단히 설명했다.

둥근 반죽 위에 토마토와 치즈, 그리고 좋아하는 토핑을 얹어서 굽는다.

그렇게 간단히 설명하자 리온은 팔짱을 끼고 진지한 얼굴로 자기 나름대로 조리법을 생각했다.

아, 하지만 빵 반죽은 어떻게 하지? 다 준비해 놓고 못 만드는 것도 곤란하니 지금 물어봐 두자.

"그러고 보니 리온은 빵 반죽 만들 수 있—."

"만들 수 있어. 만들어 내겠어."

"그, 그래."

뭐, 반죽을 만들 때는 나도 미력하나마 도와주면 되나.

내가 없어도 리온이라면 만들 수 있을 것 같지만.

잠깐, 그렇게까지 해서 피자를 만들 거면—.

"아예 피자 화덕도 만들어 버릴까."

"피자 화덕?"

"피자를 굽는 화덕인데, 만드는 방법 자체는 대충 아니까 해 볼까 싶어서."

실은 피자 화덕 같은 것에 남몰래 로망을 가지고 있었다.

대학생 때 진지하게 만들려고 했지만, 비를 내리는 체질 때문에 단념했었지.

"하루마."

"어?"

옛날 기억을 떠올리고 조금 우울해하고 있으니 리온이 상냥하게 미소 지으며 내 이름을 불렀다.

"그게 있으면 다 같이 만들어 먹을 수 있겠다."

"……그래, 맞아!"

앞으로 해결해야 하는 문제가 잔뜩 있지만, 그 후에 즐거움이 기다리고 있다고 생각하니 조금 기분이 밝아졌다.

***

밭일을 끝내고 자기 전까지는 거의 매일 똑같이 보낸다.

농기구를 정리하고, 옷과 몸에 묻은 흙먼지를 기후마법으로 씻고, 후우로와— 최근에는 밀리아도 같이 에릭 씨의 집에 저녁을 먹으러 간다.

오두막에 돌아온 후에는 밤에도 물을 줄 수 있게 명령을 새긴 기후마법을 밭에 보내고 내일에 대비해 취침한다.

"생각해 보면 나는 건강한 생활을 보내고 있네."

"멍!"

달빛이 비추는 밭을 바라보며 비구름을 밭에 보내다가 문득 그런 생각을 했다.

일찍 자고, 일찍 일어나고, 하루 세끼 균형 잡힌 식사.

예전의 샐러리맨 생활을 생각하면 상당히 좋은 느낌 아닐까.

그때는 인스턴트식품으로 식사를 때우고, 퇴근 시간이 늦어서 늦게 자고 일찍 일어나는 악순환에 빠져 있었다.

"아니, 식생활은 자업자득인가……."

그저 요리하기 귀찮았던 거니까…….

처음 독립했을 때는 기합을 넣고 공들인 요리를 만들려고 했었지만, 최종적으로 냉동식품과 편의점 도시락과 간단한 음식에 정착해 버렸었다.

그래서 매번 메뉴를 생각하여 확실하게 식사를 준비하는 어머니

나 리온은 대단하다고 생각한다.

새삼 그렇게 여기고 있으니 뒤에서 누군가의 발소리가 들렸다.

"하루마, 잠깐 괜찮을까?"

"응? 밀리아구나. 무슨 일이야?"

"조금 길어질지도 몰라……. 앉아서 얘기해도 될까?"

살짝 심각해 보이는 모습을 보고 고개를 갸웃하며 나는 밭 옆에 앉았다.

옆에 앉은 밀리아의 무릎 위로 후우로가 뛰어올랐다.

"멍!"

"어이쿠, 변함없이 사람을 잘 따르네."

밀리아는 무릎 위에서 몸을 둥글게 만 후우로를 쓰다듬으며 내게 말했다.

"써니래빗에 관해 얘기하려고."

"녀석들 말이지……."

"나는 그 써니래빗들에게 뼈아프게 패배했어."

"……그랬지."

"전에 없던 굴욕이었지만, 그와 동시에 내가 얼마나 좁은 시야로 세상을 보고 있었는지 자각하게 됐어."

확실히 써니래빗과 처음 마주했을 때, 밀리아는 우리의 충고도 듣지 않고 귀여운 생김새에 속아 버렸다.

써니래빗에 대한 우리와 밀리아의 인식이 크게 달랐던 탓이기도 하니 밀리아를 비난할 생각은 없었다.

"나는 개인적인 선입견을 가지고서 비채소도 써니래빗도…… 그리고 하루마도 잘못 보고 있었어. 너와 비채소에 내가 호위할 만한 가치가 있을까? 어째서 기사인 내가 써니래빗 따위와 싸워야 하지? 그렇게 교만하게 생각했어. 나는 내 생각만 하느라 너의 기분을 전혀 고려하지 못했어."

어두운 표정을 짓고 있던 밀리아가 불현듯 어깨에서 힘을 빼고 미소 지었다.

"비채소 재배를 도운 건 내게 신기한 경험이었어. 지금껏 기사가 되기 위해 수련을 쌓기만 했었으니 말이지. 뭔가를 키우는 건, 뭐라고 해야 할까…… 으음……."

"즐거웠어?"

"……그래, 맞아. 그거야. 즐거웠던 거야. 하지만 익숙하지 않은 일이라 네게 이것저것 폐를 끼쳤을지도 몰라."

"아니, 그렇지 않아."

불안해하는 밀리아의 말을 부정했다.

폐라니 당치도 않다. 노아나 리온과 마찬가지로 밀리아도 충분히 나를 도와주고 있었다.

"네가 도와줘서 많은 보탬이 되고 있어. 무거운 흙도 가뿐히 옮겨 주고, 밭을 갈 때도 전혀 페이스가 떨어지지 않고 숨도 헐떡이지 않으니까 작업 진행이 빨라. 게다가 망가진 농기구도 고쳐 줘서 진짜 고마워."

도움을 받게 되면서 알았는데 밀리아는 손재주가 좋았다.

농기구가 망가지면 근처에 있는 것들을 이용해 순식간에 망가진 부분을 보강해 줬다.

하지만 정작 밀리아는 조금 불만스러운 듯 입을 삐죽였다.

"그건 내가 무식하게 체력만 좋다는 말인가?"

"아, 그런 의도로 말한 건……."

"훗, 농담이야."

뭐, 뭐야, 농담인가.

리온 때도 자각했지만, 세심하지 못한 발언은 하지 말자.

……그러고 보니 써니래빗 이야기를 하고 있었지.

"어쩌면 우리는 그 녀석들에게 너무 겁먹었던 걸지도 몰라."

"뭐?"

"분하지만 녀석들은 우리보다 더 교활해. 마구 교란당한 탓에 우리는 그 녀석들을 크고 무시무시한 존재라고 여기게 됐어."

우리가 필사적인 것처럼 그 녀석들도 필사적으로 비채소를 노리고 있었다.

"한번 인식을 바꿔야 해."

"그렇지. 응, 네 말이 맞아."

밀리아가 고개를 끄덕이자 후우로가 귀엽게 하품했다.

한동안 달빛 속에서 그저 밭을 바라보는 시간이 흘렀다.

"그러고 보니 밀리아는 어떤 마법을 써?"

"……안 가르쳐 줬었나?"

"물어볼 타이밍을 못 잡아서."

써니래빗에게 된통 당해 정신적으로 불안정한 상태였고, 그 후로도 계속 우울해해서 물어볼 타이밍을 놓치고 말았다.

그래서 진정된 지금 물어보자고 생각하여 말을 꺼내 봤다.

“나는 냉기를 조종하는 마법— 동결마법을 사용해.”

그렇게 말하고 밀리아는 손바닥에서 냉기 같은 것을 방출시켰다.

손바닥에서 흘러나오는 하얀 기운을 만져 보니 확실히 차가웠다.

“오오, 드라이아이스 같아.”

“그 「드라이아이스」가 뭔지는 모르겠지만, 이렇게 냉기를 만들어 낼 수 있는 마법이야.”

냉기 방출을 멈춘 밀리아는 다소 자조적으로 웃었다.

“생물에게는 가볍게 쓸 수 없는 마법이지만 말이지. 사용하면 돌이킬 수 없는 상처를 입힐 수도 있어.”

확실히 동상은 위험하다고 들었다. 가볍게 쓸 수 없다는 것도 이해가 갔다.

“뭐, 전투 말고 다른 쪽으로는 꽤 도움이 돼. 식량을 장기간 보존할 수 있고, 기온이 높은 지역에 파견됐을 때는 부대의 선배가 기뻐서 울며 고마워했어.”

“역시 마법도 쓰기 나름이네.”

“그렇지. 그런 점에서는 너의 기후마법과 비슷할지도 몰라.”

어떤 마법이든 쓰기 나름이다.

전투에 이용하지 않아도 남에게 도움이 되는 사용법을 찾을 수 있다.

"요전번에 리온에게 줬던 생선 토막도 그 동결마법으로 얼린 거야?"

"그래, 맞아."

"……그럼 네 마법을 쓴다면 수확한 비채소를 차갑게 보존할 수도 있어?"

"그래, 가능할 거야."

냉동고를 만들 수 있다면 채소를 오래 보관할 수 있다.

아직 구체적인 방법은 생각나지 않지만 언젠가는 실현시키고 싶다.

거기까지 생각했다가 문득 떠올렸다.

"—밀리아, 써니래빗에게 한 방 먹일 수 있을지도 몰라!"

그 방법은 간단하면서도 획기적이라는 생각마저 들었다.

***

비채소 세 종류를 키우기 시작한 지 약 석 달이 흘렀다.

"아직 조금 파랗지만 비토마토가 열리기 시작했네."

약 1미터 높이까지 자란 줄기에 맺힌 비토마토는 싱그러우면서도 중량감이 있었다.

하지만 그 빛깔은 빨간색이 아닌 초록색이라 아직 먹을 수 있는 시기는 아니었다.

"……맛있겠다."

"리온, 아직 먹으면 안 돼~."

리온이 토마토를 빤히 보고 중얼거리자 노아가 부드럽게 충고했다.

"맛있게 먹으려면 좀 더 기다려야겠지만…… 써니래빗에게는 아니겠지?"

"그래. 그 녀석들에게는 지금이 노릴 때야."

팔짱을 끼고 묻는 밀리아의 말에 나는 고개를 끄덕였다.

비토마토가 크게 열린 지금, 녀석들이 언제 습격해 와도 이상하지 않았다.

하지만—.

"내가 할 일은 변함없어."

원래 살던 세계에서도 여러 동물과 벌레가 농가의 작물을 노렸다.

그에 대처하여 어떻게든 싸우는 것은 이 세계에서도 똑같다.

나는 변함없이 비채소를 키우고, 그걸 써니래빗이 노린다면 농부답게 대응하여 맞설 뿐이다.

그리고 대항책도 확실하게 생각해 뒀다.

"하루마, 똥폼 잡는 와중에 미안하지만 슬슬 다시 작업하자."

"노아, 그런 건 확실하게 말하지 않았으면 좋겠어."

"다 큰 어른이니까 확실한 편이 좋지."

지당한 말씀입니다.

나는 비토마토 확인을 리온과 밀리아에게 맡기고 비오이를 보러 갔다.

지지대와 그물에 덩굴을 얽은 비오이의 가지에는 하얀 꽃봉오리와 아담한 열매가 맺혀 있었다.

"비오이도 열리기는 했는데 크기가 좀……."

"그런가? 조금만 더 있으면 먹을 수 있을걸?"

"어? 그래?"

노아에게는 이 정도가 보통인가?

"당신, 얼마나 큰 오이를 만들려고 하는 거야. 너무 크면 맛이 싱거워져."

그렇군. 내 인식이 틀렸을지도 모르겠다.

내가 이미지했던 오이는 슈퍼 등에서 파는, 전문 농부가 키운 오이였다. 지금까지 그만한 크기의 오이를 키우려고 했었지만, 아마추어가 키우면 이렇게 작아지는 건가.

"그렇다면 비오이도 이미 써니래빗의 표적……?"

"어? 비토마토만 노릴 줄 알았어?"

"……네."

"지금이라도 알았으니 다행이지만, 위험했네."

정말 노아가 있어서 다행이었다.

어이없어하며 나를 보던 노아는 흐흥 하고 득의양양하게 웃었다.

"역시 하루마는 내가 없으면 안 된다니까!"

"네. 옳으신 말씀입니다……."

"미, 미안, 농담이니까 신경 쓰지 마……."

말하고 나니 창피해졌는지 노아가 약간 뺨을 물들이며 변명했다.

기분을 전환하여 비오이를 확인하는 작업으로 돌아갔다.

"크기는 착각하고 있었지만, 지금까지 병에 걸리지 않아서 다행이야."

"그러게. 어쩌면 비채소는 그런 병에 내성이 있는 걸지도 몰라."

비채소를 재배하는 방식은 식물이 병들기 쉬운 환경을 만들어 버린다.

대량의 비로 인한 습기, 질퍽거리는 흙, 그리고 곰팡이.

채소에 위험한 그런 환경 속에서도 확실하게 자라는 걸 보면 비채소에 뭔가 독자적인 내성이 있다고 생각해도 이상하지 않았다. 이에 관해서는 『비채소의 극의』에도 기록되어 있지 않아서 확실하다고는 말할 수 없지만.

"키우기 힘든 조건이 있지만, 재배하는 측으로서는 병에 걸릴 염려가 없다는 건 굉장히 마음이 편해지는 일이야."

"확실히 그렇지."

"있지, 하루마. 알고 있겠지만……."

"괜찮아. 그렇다고 밭 관리를 게을리하지는 않을 거야."

그렇게까지 자신의 억측을 과신하지 않는다.

병에 걸리지 않은 것은 그저 우연이었을 가능성도 있으니까.

당분간은 계속 병해를 조심하면서 재배할 생각이다.

"일단 케빈 씨에게 보고해 둘까."

"그렇지. 그러는 편이 좋다고 생각해."

케빈 씨가 이 특성을 알면 크게 기뻐할 것 같기는 하다.

"좋아, 다음은 비수박이네."

"응."

비오이 확인을 끝냈기에 다음은 비수박을 재배하는 곳으로 향했다.

다른 두 작물과 달리 넓게 재배 중인 비수박은 길고 크게 자란 줄기에서 여러 덩굴을 뻗었고, 거기에 동글동글한 열매가 여러 개 달려 있었다.

색다른 밭의 광경에 노아는 들뜬 목소리로 말했다.

“실은 나, 수박은 실물을 거의 본 적이 없어. 그래서 제일 기대 중이야.”

“하하. 그럼 확실하게 키워서 수확해야겠네.”

즐거워하는 노아에게 웃어 주며 제일 가까이 열린 비수박을 보았다.

소프트볼과 핸드볼의 중간쯤 되는 크기였지만 아직 충분하지 않았다.

“조금 있으면 수확할 수 있지 않을까?”

“아니, 이건 아니야. 봐, 열매가 맺힌 곳에 덩굴이 있지?”

수박이 맺힌 부분의 덩굴을 가리키자 노아는 고개를 갸웃했다.

“이게 왜?”

“여기가 시들면 수확할 수 있다는 신호인데, 이건 아직 파라니까 수확하기에는 일러.”

“흐응, 잘 아네.”

“예전에 아버지가 가르쳐 줬던 걸 기억하니까.”

여름의 대표 작물이라고 하면 수박이다.

채소 재배는 지루했으나, 크고 달고 맛있는 수박만큼은 나도 의욕적으로 도왔다. 아버지와 함께 수확을 도왔을 때가 지금도 기억났다.

“그 외에도 열매를 가볍게 두드려서 나는 소리로 잘 익었는지 확인할 수 있어. 조금 울리는 듯한 소리가 나면 수확할 때야.”

“그렇구나. 충분한 영양과 수분이 찼을 때가 좋다는 거네.”

하나를 가르치면 열을 안다는 것이 바로 이런 건가.

나도 원리까지는 몰랐었는데 노아가 즉각 납득되는 이유를 알아차려서 가볍게 전율했다.

아니, 이 아이는 항상 대단한가.

아무튼 비채소 작업으로 돌아가자.

“그래서 노아. 지금부터 가르쳐 줄 작업을 같이 해 줬으면 해.”

“알겠어.”

“좋아, 그럼…….”

나는 위를 보고 있던 비수박을 돌려서 아래를 보게 했다.

“이렇게 하면 돼.”

뭐, 이것만 보여 줘서는 역시 노아도 모를 테니까 설명을—.

“그렇구나. 햇빛 받는 부분을 바꿔서 예쁜 형태가 되도록 조절하는 거네.”

“앗, 네. 맞습니다.”

나는 진짜 바보 멍청이야!

의기양양하게 설명했으면 무진장 창피할 뻔했어!

내심 자신의 얕은 생각을 규탄하며 노아와 함께 수박의 방향을 바꾸고 있으니 위험을 알리는 후우로의 울음소리가 밭에 울려 퍼졌다.

"왔나."

"드디어 왔구나."

숲 쪽을 보니 써니래빗 세 마리가 정면에서 당당하게 모습을 드러내 사냥감인 비채소를 바라보고 있었다.

"뀨~."

""뀨이!""

우리가 움직이기 전에 밭을 노리고 달려들려던 녀석들 앞을 한 여성이 막아섰다.

여성— 밀리아는 써니래빗을 노려보고 일순 내게 눈짓했다.

"하루마의 호위로서, 한 명의 기사로서, 그리고 잠시라고는 하지만 이 밭에 관계된 자로서— 비채소에는 손끝 하나 못 대도록 지키겠다!"

밀리아는 그렇게 힘 있게 말했다.

나, 노아, 리온, 후우로는 그런 밀리아를 뒤에서 지켜보는 위치로 이동했다.

"하루마, 밀리아 씨는 괜찮은 거지?"

노아가 불안해하며 말했다.

밀리아는 일단 다시 일어났다고 생각하지만 써니래빗에 대한 거북함은 아직 남아 있을 터다.

어쩌면 저번처럼 농락당할지도 모른다. 하지만 반대로 써니래빗을 농락할 수 있을지도 모른다.

그러나 여기서 밀리아가 써니래빗에 대한 트라우마를 불식하지 못한다면 우리끼리 비채소를 지켜야 한다.

비양배추 때와는 비교가 안 될 만큼 더 교활해진 써니래빗을 상대로 비채소를 완벽히 지키기는 어려울 것이다.

후우로도 더 성장해야 녀석들을 상대할 수 있다.

"지금이 중요한 고비야, 밀리아……."

그렇게 작게 중얼거린 나는 써니래빗이 눈치채지 못하도록 조용히 마력을 집중하기 시작했다.

***

곧 있으면 하루마가 키운 비채소의 수확 시기가 찾아온다.

그 이야기를 들었을 때, 내 심장 고동이 조금 빨라졌다.

그것은 다시 써니래빗과 마주하는 것을 의미했기 때문이다.

맨 처음에 별 볼 일 없는 존재라고 깔보고 덤빈 나를 써니래빗이 비웃고 농락했다.

자신 있게 설치한 함정조차 반대로 이용당하고, 동결마법마저 움직임을 예측해 회피하여 뼈아픈 반격을 당하고 말았다.

그 이후로 나는 비채소 재배를 돕고, 하루마와 리온, 노아 씨와 교류하며 다시금 자신을 돌아보았다.

내 마음은 약했다.

제멋대로였다. 내가 생각하기에도 귀찮은 성격을 가진 고지식한 여자였다.

그것을 자각할 수 있었던 것은 어떤 의미에서 써니래빗 덕분일지도 모른다.

그래, 이렇게나 무시무시하게 여겨지는 마물과 만난 것은 처음이었다.

예리한 발톱도 없다.

불을 뿜는 것도 아니다.

독도 가지고 있지도 않다.

하늘도 날지 않는다.

가지고 있는 것은 사람을 속이는 지혜와 비채소라는 목표에 대한 심상치 않은 집념뿐이다.

몇 번이고 수없이 계속하여 나를 넘어뜨린 상대가 지금 눈앞에 있었다.

"……."

자신의 교만과 추한 부분을 자각했기에 알 수 있었다.

이 써니래빗들은 진심으로 비채소를 먹으러 왔다.

야생의 감과 지혜를 총동원하여 온갖 수단을 써서 뺏으려 하고 있었다.

그런 써니래빗들이 나는 한편으로 존경스럽기마저 했다.

"뀨이."

더는 너희를 얕보지 않는다.

분노에 사로잡히지도 않겠다.

내가 돌파당하면 하루마가 심혈을 기울여 키운 비채소를 망치고 만다.

내 각오가 통했는지 확실하지는 않지만, 리더 격 써니래빗의 동그란 눈이 약간 치켜 올라간 것처럼 보였다.

"뀨~!"

""뀨~!""

"읏, 어딜!!"

동결마법으로 손바닥에서 냉기를 뿜어내 일제히 움직이려고 한 써니래빗들을 견제했다.

더는 이 녀석들에게 마법을 쏘는 것을 주저하지 않았다.

하루마의 밭뿐만 아니라 인근 주민들의 밭도 피해를 보고 있었다. 간접적이라고는 하지만 사람에게 해를 끼치는 마물이라면 왕국의 기사로서 처단한다!

"뀨!"

리더 격이 신호하자 써니래빗들은 가볍게 흩어져 간단히 동결마법을 피해 버렸다.

역시 예전에 피가 거꾸로 솟은 상태로 마법을 난사한 탓인지 내 마법의 유효 범위와 속도를 완전히 파악하고 있었다.

써니래빗들은 옆으로 크게 퍼져서 이쪽을 살폈다.

내가 조금이라도 한 마리에게 의식을 집중하면 시야 밖에 있는 다른 개체가 움직이려는 것이다.

"몇 번이고 생각하지만, 정말 토끼 같지 않은 지능이야……!"

단 한마디에 이만큼 통솔이 잡히는 것만 봐도 어중간하게 강한 마물보다 성가셨다.

이 상태가 길게 이어지면 결국은 하루마가 지키는 뒤쪽 밭으로 돌격할 것이다.

"그렇기에 나는 혼자 싸우지 않기로 했어."

지면에 그림자가 드리움과 동시에 뒤에 있는 하루마가 외쳤다.

"밀리아! 다 됐어!"

고개를 들자 써니래빗과 내 머리 위에 햇빛을 가리는 비구름이 생성되어 있었다.

작전을 결행할 수 있겠다고 판단한 나는 하루마의 말에 힘차게 대답했다.

"그래! 나한테까지 내려도 상관없어!"

"좋았어! 쏟아져라!!"

다음 순간, 우리의 머리 위에서 비가 맹렬하게 쏟아졌다.

하루마의 우천 기후마법.

그저 비를 내릴 수 있을 뿐인, 그런 마법.

그 비를 맞으며 나는 써니래빗들을 확실하게 노려보았다.

"미안하다. 하지만 이건 나 혼자 지키는 게 아니야. 그러니까 비겁하다고 하지 마라."

나는 하루마가 내린 비에 젖은 지면에 손바닥을 대고 마력을 단숨에 냉기로 바꿔 전방으로 해방했다.

『내 마법과 밀리아의 마법을 조합하는 거야! 뭔가 멋있지 않아?!』

만물을 얼릴 수 있는 동결마법, 거기에 하루마의 기후마법이 조합되면 비할 데 없이 강력한 합체 기술이 된다. 하루마가 이 기술을 제안했을 때, 그의 눈이 어린아이처럼 반짝였던 것은 잊어버리자.

무시무시한 속도로 지면이 얼어붙자 써니래빗들은 당황했다.

"뀨이!"

"뀨!"

"뀨, 뀨우?!"

리더 격과 다른 한 마리는 재빨리 피했으나 나머지 한 마리는 진흙에 발이 미끄러져서 넘어지고 말았다.

내가 그 틈을 놓칠 리도 없어서, 더욱 마력을 해방해 지면을 동결시키는 속도를 높여 도망치지 못한 써니래빗을 포획하려고 했다.

하지만—.

"뀨!"

"아니?!"

도망치지 못한 써니래빗에게 리더 격이 몸통박치기를 먹이고 그대로 동료를 감싸듯 옮겨 동결 범위에서 벗어났다.

망설이지 않고 그렇게 행동한 써니래빗을 얼떨떨하게 보고 있자, 비가 내리지 않는 곳까지 도망친 리더 격이 이쪽을 한 번 돌아보았다.

"……뀨."

그 눈은 마침내 나를 적으로 인정했다고 말하는 듯했다.

몇 초간 말없이 서로를 노려보다가 리더 격은 동료를 데리고서 그대로 숲속으로 돌아가 버렸다.

"동료를, 지킨 건가……?"

역시 저 써니래빗은 다른 개체와 전혀 다르다.

조금 감개무량한 기분을 느끼고 있으니 머리 위에서 내리던 비가 멎고 뒤에서 누군가가 내 머리에 큼직한 수건을 씌웠다.

"해냈구나, 밀리아 씨! 마침내 써니래빗을 격퇴했어!"

"아, 아닙니다, 노아 씨…… 저 혼자만의 힘은 아니니까요……."

노아 씨가 젖은 머리를 탈탈탈 닦아 줘서 죄송스러움과 창피함을 느끼며 그렇게 대답했다.

그러고 있으니 뒤늦게 하루마도 왔다.

"해냈구나, 밀리아."

"그래, 네 기후마법 덕분이야."

"내 마법만으로는 성공하지 못했을 거야. 뭐, 나와 네가 힘을 합쳐 얻은 승리라고 하자."

"그렇지."

어깨가 가벼워진 기분으로 하루마와 함께 웃었다.

"저기, 하루마. 꼭 밀리아 씨까지 젖게 비를 내릴 필요는 없지 않았어?"

"그것도 그래. 지면에만 내리면 되잖아."

"윽, 아니, 실은 이렇게 큰 비구름은 처음 만든지라 조절을 못 해서……."

리온과 노아 씨가 뭐라고 하루마를 추궁했다.

그런 세 사람을 보니 왠지 즐거워져서 나는 자연스럽게 웃고 말았다.

***

밀리아의 동결마법과 내 기후마법의 합체 기술.

이것으로 인연 깊은 써니래빗을 격퇴할 수 있었다.

그리고 그날 밤.

저녁 먹기 전에 에릭 씨의 서재에 들러서 오늘 일어났던 일을 보고했다.

나와 밀리아가 써니래빗에게 쓴 기술은 아주 단순했다.

내가 비를 내리고 밀리아가 얼린다.

그것만으로도 써니래빗조차 대응할 수 없는 광범위 공격이 가능해졌다.

"원래부터 자네의 마법은 얼음 계열 마법과 상성이 좋지. 그렇기에 밀리아 양의 동결마법이 더 강력하게 발휘되었을 거야."

"결국 놓쳐 버렸지만 말이죠."

"써니래빗의 판단이 현명했으니까. 얼어서 움직일 수 없는 동료와 눈앞에 있는 비채소. 그 양자택일의 기로에서 써니래빗은 망설이지 않고 동료를 택했네."

확실히 그 커다란 써니래빗은 동료를 구하는 것을 조금도 망설이지 않았다.

격퇴한 지금도 역시 만만치 않은 상대라고 생각한다.

본능을 따라 작물을 먹으러 오는 녀석이었다면 편했겠지만, 상대는 손익을 따질 줄 알 만큼 영리했다.

"뭐, 써니래빗이 아무리 똑똑해도 이번에는 대처법을 바로 떠올리지 못할 테니, 다음 습격도 자네와 밀리아 양의 합체 기술로 격퇴할 수 있을 거야."

"그럴까요……."

"확증은 없지만 말이네."

하지만 다음에 습격할 때는 예상치 못한 전법을 쓸 것 같다.

얼리지 못하게 구멍을 파서 온다든가…… 아니지, 역시 그런 두더지 같은 짓은 안 하려나…… 아니, 그 녀석들이라면 할지도 모른다.

일단은 계속해서 조심하자.

"어쩌면 하루마 군과 협력할 수 있다는 걸 알기에 밀리아 양을 호위로 선택한 걸지도 모르겠어."

"알고서? 누가요?"

"그녀의 상사가."

에릭 씨의 제자였던 사람…… 리나 씨라고 했던가.

이야기만 들었을 때는 서툰 사람이라는 이미지였는데, 만약 에릭 씨의 말이 맞다면 상당한 수완가다.

"그 아이는 두 수 앞까지 전황을 예측하여 명령하는 타입이야. 그러니 그런 이유로 밀리아 양을 골랐어도 이상하지 않아."

"그렇군요……."

“뭐, 결국은 억측일 뿐이지만 말이네. 하지만 자네와 밀리아 양이 소중한 것을 지키기 위해 힘을 합친 것은 사실이지.”

발상 자체는 돌발적이었으나 실제로 성공해서 정말로 다행이다.

“비채소 쪽은 순조로운가?”

“일단 비토마토와 비오이는 곧 수확할 수 있을 것 같습니다.”

눈앞의 위협을 어떻게든 처리할 전망이 서서 수확에 집중할 수 있다는 것도 기뻤다.

“이번에도 맛있게 컸을 테니 기대해 주세요.”

“하하하, 그럼 기대하지.”

이로써 또 하나, 수확한 이후의 즐거움이 생겼다.

“하루마 군.”

“네?”

“자네는 지금의 인생을 즐기고 있는가?”

“…….”

나는 에릭 씨의 말을 한 번 곱씹고서 확실하게 대답했다.

“네, 물론이죠. 저는 새로운 인생을 힘껏 즐기고 있습니다.”

내 말에 에릭 씨는 안도한 듯 숨을 내쉬었다.

아마 줄곧 나를 걱정해 주셨던 거겠지.

“할아버지, 하루마, 밥 다 됐어.”

복도에서 리온의 목소리가 들렸다.

그 목소리를 듣고 얼굴을 마주 본 나와 에릭 씨는 의자에서 일어났다.

"저녁 먹으면서 마저 이야기할까."

"그러죠."

누군가와 함께하는 식사.

나는 이 세계에 오기까지 그 따뜻함을 줄곧 잊고 있었다.

에릭 씨, 리온과 함께 보내는 저녁 시간은 내게 더할 나위 없이 소중한 한때가 되어 있었다.

제12화 고대하던 두 번째 수확

밀리아의 활약으로 우리는 써니래빗을 격퇴하는 데 성공했다.

그 후로도 자주 비채소를 노리고 습격해 왔지만, 밀리아의 동결 마법과 내 기후마법의 합체 기술로 피해 없이 쫓아낼 수 있었다.

써니래빗도 에릭 씨의 말대로 대처할 방도가 없음을 깨달았는지 일주일쯤 지나자 나타나지 않게 되었다.

"자, 수확이다!"

나는 밀리아와 함께 비채소가 열린 밭 옆에 서서 기합을 넣었다.

"리온과 노아 씨는?"

"노아는 화덕을 만들 벽돌을 주문하러 마을에 갔고, 리온은 요리 재료를 사러 갔어."

벽돌은 내가 주문하러 가려고 했지만, 노아가 이번에는 별로 힘이 되지 못했으니 이 정도는 하고 싶다며 대신 가 줬다.

힘이 되지 못했다니, 나는 전혀 그렇게 생각 안 하는데 말이지.

자, 그럼 마음을 다잡고.

"좋아, 수확 작업을 개시한다!"

"오, 오오!"

마침내 수확하는 것이라서 그런지 들뜨고 말았다.

밀리아도 부끄러워하면서 주먹을 작게 들었다.

"멍!"

후우로도 기뻐 보였다.

비양배추에 이어 두 번째 수확.

이런저런 일이 있었지만 그래도 드디어 수확에 이르게 되었다.

"오늘 수확하는 건 비토마토와 비오이야."

"그래. 수확은 뭔가 특별한 방법을 쓰는 건가?"

"아니, 그렇게 어렵지 않으니까 안심해도 돼."

둘 다 비양배추와 달리 식칼로 줄기를 자르는 작업은 필요하지 않았다.

밀리아에게 바구니를 주며 수확 방법을 설명했다.

"방법은 단순해. 열매가 달린 가지를 자르기만 하면 돼. 수확한 채소는 이 바구니에 넣어 줘."

"알겠다."

"그럼 비오이를 부탁해도 될까?"

"맡겨 둬."

흔쾌히 받아들이는 밀리아를 믿음직스럽게 여기며 나는 오이의 가시나 수확할 크기의 기준 등을 간단히 설명했다.

"자, 그럼."

내 담당은 비토마토다.

크게 맺힌 비토마토 앞에 쭈그려 앉아 관찰해 보니 얼마나 잘 성장했는지 알 수 있었다.

빗물을 튕기는 광택 있는 빨간색 표면, 딱 봐도 알 수 있을 만큼 영양을 비축한 커다란 크기.

그걸 보고 한 번 심호흡한 나는 비토마토의 아랫부분을 왼손으로 받치고 칼로 줄기를 잘랐다.

"오오, 무겁네."

왼쪽 손바닥에 느껴지는 묵직함에 나도 모르게 말했다.

확실한 성과에 내심 흥분하며 커다란 비토마토만 수확하고, 아직 성장할 여지가 있는 작은 것들은 수확하지 않고 방치해 뒀다.

십여 개쯤 되는 비토마토 수확을 끝내자 밀리아도 나와 똑같이 수확을 끝내고 이쪽으로 돌아왔다.

"하루마, 말한 대로 따 왔는데, 이렇게 하는 게 맞나?"

"고마워. 어디 보자……."

밀리아에게 바구니를 받아 들여다보니 짙은 초록빛을 띤 예쁜 비오이가 가지런히 놓여 있었다.

형태가 뒤틀린 것도 있었지만 전부 나무랄 데 없는 성과였다.

"괜찮네."

"그래? 다행이야……. 처음이라서 잘했는지 불안했어."

밀리아가 가슴을 쓸어내렸다.

나는 바구니에 든 비토마토와 비오이를 보았다.

둘 다 잘 자랐다.

이번에도 모두의 힘을 빌려 여기까지 올 수 있었다.

……이런, 조금 눈물이 나려고 했다. 정말 이 세계에 온 뒤로 나

는 툭하면 울게 됐구나.

"멍!"

"후우로, 왜 그래?"

밀리아 몰래 소매로 눈가를 훔치고 있으니 언제 왔는지 후우로가 내 발밑에서 빙글빙글 원을 그렸다.

이 녀석이 이렇게 움직일 때는 대체로 비를 만들어 달라는 거다.

나는 후우로를 위해 비구름을 만들려다가 어떤 생각을 떠올렸다.

"잠깐만 기다려."

나는 손바닥에 만든 비구름을 지면에서 1미터쯤 띄워 후우로 앞에 배치했다.

그리고 바구니에서 비토마토 세 개를 꺼내 하나를 밀리아에게 내밀었다.

"하루마?"

"노아랑 리온한테는 비밀이야."

"……아아, 그렇군. 후후, 너도 못된 사람이야."

그렇게 말하며 웃은 밀리아는 내게서 비토마토를 받더니 빗물로 자신의 손과 비토마토를 씻었다.

나도 후우로와 내가 먹을 비토마토를 씻은 후, 밭 근처 들판으로 이동했다.

"먼저 먹었다는 걸 두 사람이 알면 화내지 않을까?"

"직접 키운 채소를 일 끝나고 먹을 수 있는 게 농부의 묘미 중 하나야. 만약 들키면 같이 혼나 줘."

장난스럽게 말하니 밀리아는 기분 상한 모습도 없이 즐겁게 웃었다.

그러자 내 옆에 있는 후우로가 짖었다.

"멍!"

"아아, 미안. 너도 함께지. 그럼 두 사람과 한 마리."

그런 우리를 보고 웃은 밀리아는 비토마토로 시선을 옮겼다.

"후후, 그럼 먹기로 할까."

밀리아는 그렇게 말하고 비토마토를 호쾌하게 베어 물었다.

나도 밀리아를 따라 베어 무니 과육에서 예상보다 더 많은 과즙이 터져 나오며 토마토 특유의 산미와 적당한 단맛이 입 안을 휘돌았다.

토마토라고 인식할 수 있지만 과일이라고 착각할 듯한 그런 맛이었다.

"……맛있다."

그 외의 말로는 표현할 수 없을 만큼 정말로 맛있었다.

"하루마, 고맙다."

"어?"

감동하여 떨고 있으니 밀리아가 뜬금없이 고맙다고 했다.

"지금이니까 말할 수 있어. 여기 오게 돼서 다행이야. 이렇게 맛있는 작물을 먹을 수 있는 점도 그렇지만, 다른 곳에서는 할 수 없는 경험을 쌓을 수 있었어. 그것도 전부 너희 덕분이야. 그러니까, 고맙다."

"……그래."

밀리아의 말을 순순히 받아들이고 다시금 밭으로 시선을 돌렸다.
비양배추에 이은 두 번째 비채소 수확.
그 과정에서 여러모로 고생했으나 신기하게도 그게 힘들었다는 생각은 안 들었다.
왜냐하면 내가 들고 있는 비토마토의 무게가 지금까지 노력한 성과를 증명하는 것 같았기 때문이다.

***

비토마토와 비오이를 수확한 후, 우리는 피자 화덕을 만들 준비에 착수하게 되었다.
우선 맨 먼저 노아가 주문한 벽돌을 내 오두막 앞까지 옮기기로 했는데— 우연히 그 이야기를 들은 마을 사람들이 짐마차에 벽돌을 싣고 가져다줬다.
"하루마, 여기에 두면 돼?"
"감사합니다. 빅터 씨, 그리고 다른 분들도."
빅터 씨는 쾌활하게 웃으며 내 어깨를 팡팡 두드렸다.
"고맙긴, 뭘. 네 덕분에 맛있는 채소를 먹었으니 이 정도야 쉬운 일이지. 그리고 사양 말고 의지하라고 했잖아."
"맞아. 감사 인사를 받을 만한 일은 아니야."
"네가 노력하고 있다는 건 다들 알고 있으니까."
"여러 가지로 고생이 많은 것 같지만 힘내."

각기 그렇게 말해 주는 마을 사람들에게 한 번 더 깊이 머리를 숙였다.

처음에 날 피했을 때와 비교하면 마을 사람들과도 많이 가까워진 것 같다.

이게 다 리온과 노아가 도와준 덕분이었고, 나 자신이 이 세계에서 어떻게 살아갈지 확실하게 결의했기 때문일지도 모른다.

마을로 돌아가는 빅터 씨 일행을 배웅한 나는 짐수레에 실린 벽돌을 다시금 바라보고 깊이 고개를 끄덕였다.

"좋아, 이제 노아가 석판을 가져오면 피자 화덕을 만들 수 있겠어."

대체 어디서 가져온다는 것인지 모르겠지만, 지금은 안달 내지 말고 기다리자.

그사이에 내가 할 수 있는 준비를 해 둘까.

그렇게 생각하고 있으니 크고 작은 목재를 들고 온 밀리아가 말했다.

"하루마, 아까 그거 봤어."

"아까 그거?"

"마을 사람들이 널 아끼는 모습 말이야."

"아낀다니, 그 정도는……."

"네가 이 세계에 왔을 때 어땠는지 리온과 노아 씨에게 들었는데, 그때와 비교하면 상당히 친해졌잖아?"

"그렇지. 처음에는 눈치도 많이 보였고, 친해질 수 없을 거라고 멋대로 생각했는데, 용기를 내 보니까 이 마을은 더할 나위 없이 살기 좋은 곳이야."

내 말을 듣고 밀리아는 미소 지었다.

"아무튼 네 말대로 목재를 가져왔는데, 지금부터 뭐 하려고? 이걸 전부 장작으로 만들 건 아니지?"

"물론 아니지."

밀리아의 말에 고개를 끄덕이고 적당한 크기의 나뭇가지를 들었다.

"지금부터 피자를 만들기 위한 조리 도구를 제작할 거야. 즉, 공작 시간이지."

"조리 도구? 이 나무로 만드는 건가?"

"그래. 기존의 도구로는 조금 작을지도 모르니까."

특히 피자를 화덕에 넣고 뺄 때 쓰는 나무 주걱은 끝부분이 넓어야 쓰기 편하다.

뭔가로 대용할 수 없을지 이것저것 생각해 봤지만 결국 직접 만드는 편이 빠르다는 결론에 이르렀다.

"다행히 우리에게는 손재주 좋은 밀리아가 있어."

"그, 그렇게까지 좋지는 않은데……."

네 뒤에 있는 수제 일용품들을 보고 나서 말해 줄래요?

웬만한 가게에서 파는 물건보다 훨씬 수준이 높다고.

"뭐, 네가 나를 의지하고 있다면 해 보겠어."

역시 밀리아도 물건 만드는 걸 좋아하는지 기쁨을 감추지 못했다.

그 증거로 머리에 난 강아지 귀가 비 맞을 때 후우로처럼 쫑긋쫑긋 움직였다.

"그래, 나도 도울 테니까 같이 힘내자."

"알겠어. 그럼 먼저 뭘 만들지 가르쳐 줘."

"음, 먼저—."

아니지, 말로는 잘 전해지지 않을지도 모른다.

그렇게 생각한 나는 오두막에서 종이와 펜을 가져와 피자를 만드는 데 필요할 듯한 도구를 그려 밀리아에게 설명해 나갔다.

"이런 이상한 형태의 주걱으로 괜찮나?"

"그래, 완벽해."

약 한 시간쯤 걸려서 끝부분의 폭이 넓고 손잡이가 긴 나무 주걱을 완성시켰다.

손에 들고 바라보며 밀리아는 고개를 갸웃했다.

"피자는 평범한 빵과 달리 납작하고 폭이 넓으니까. 이 정도 크기가 딱 좋아."

"들으면 들을수록 신기한 음식이야. 대체 피자라는 건 뭐지?"

다른 세계의 음식이라 상상하기 어려운가.

우선 피자는 여러 종류가 있다. 그러고 보니 낫토나 초콜릿을 토핑으로 얹는 별난 피자도 들은 적이 있다.

"……뭐든 올려 먹을 수 있는 음식이려나?"

"뭐든?"

"응."

"……? 잠깐만, 더더욱 모르겠어."

괜히 더 혼란에 빠뜨린 모양이다.

"그리고…… 응. 뭔가를 축하할 때나 생일에 많이 먹어."

"그래? 그럼 고급 요리인가 보군."

"아니, 고급……인가? 가격은 꽤 나갔던 걸로 기억하지만 고급이란 느낌은 아닌 것 같은데……."

……아, 그래.

더 좋은 예시가 있었잖아.

"피자는 다 같이 모였을 때 먹는 일이 많아."

"다 같이?"

"뭔가를 축하할 때나 파티에서 먹는다고 했잖아. 밀리아 입장에서 말하자면 같은 부대의 동료들과 함께 같은 밥을 먹는 느낌이야."

"……그렇군. 아직 모르는 부분이 좀 있지만, 누군가와 함께 먹는다면 이 크기도 납득이 가."

"그래."

"누군가와 함께 기쁨을 나눈다라. 다른 세계의 음식은 굉장하군."

생각지 못한 밀리아의 말에 나는 솔직히 놀랐다.

확실히 그랬다. 일상적인 음식이라 그렇게 인식하지 못했었다.

"그럼 나머지 작업도 해치워 버릴까. 나도 그 피자라는 게 기대되기 시작했어."

"그래. 작업을 재개하자."

피자 주걱을 만들었으니 다른 조리 도구도 만들어 나가자.

"좋아, 다음은 밀대를…… 아, 이건 나 혼자서도 만들 수 있나. 밀리아는 그릇이나 포크 같은 소품류를 만들어 줄래?"

"알았다. 그렇지, 겸사겸사 조리대로 쓸 테이블도 만들까?"

"그, 그래. 부탁해."

"좋아."

밀리아는 생기 넘치는 표정으로 작업에 착수했다.

테이블이 그렇게 가볍게 만들 수 있는 물건이던가……?

밀대를 만들기 위해 나는 에릭 씨에게 빌린 예리한 칼로 나무를 원기둥 모양이 되도록 깎고 있었지만 이게 생각보다 힘들었다.

"후우……."

완성을 코앞에 두고 일단 손을 멈춘 나는 심호흡하며 등을 쭉 폈다.

줄곧 똑같은 자세로 앉아 있어서 그런지 허리와 등에서 뚜둑 소리가 났다.

"밀리아, 너도 슬슬 쉬는 게…… 으어?!"

돌아보자 놀라운 광경이 내 시야에 들어왔다.

어느새 밀리아 주위에는 테이블 네 개가 생겨나 있었고, 그 위에 목제 스푼과 원형 접시, 샐러드용으로 보이는 움푹한 목제 그릇까지 올려져 있었다.

그 상태로 밀리아는 묵묵히 작업을 계속하고 있었다.

"어, 어어……."

장인 뺨치는 이 작업 속도와 완성도는 뭐죠.

가까이서 밀리아가 작업하는 것을 보니 마치 버터라도 자르듯 나무를 깎고 있었다.

수인은 완력이 세다고 들었지만, 설마 그게 공작에도 발휘될 줄은 몰랐다.

“미, 밀리아……?”

“음? 무슨 일이지? 하루……마…….”

부름에 정신을 차린 밀리아는 주위를 보고 아연해했다.

“아, 또 저질러 버렸군…….”

“또라니 뭘?”

“나는 정신 놓고 있으면 도구를 너무 많이 만들거든……. 기사대에서도 조심하라는 말을 들어서 최근에는 저지르지 않았지만…….”

그렇다고 해도 이건 대단하다.

식기는 리온이 가져오지 않아도 이미 다 갖춰져 버렸다.

“미안하다…….”

“아니, 사과할 필요 없어. 이거 전부 쓰자.”

“어? 그래도 되나?”

“물론이지. 이렇게 많은데 안 쓰면 손해잖아.”

밀리아는 얼떨떨한 표정을 지었다가 이내 웃음을 터뜨렸다.

“그렇지. 너는 이 정도 일은 신경 쓰지 않았어. 미안하다. 나는 아직 너를 얕보고 있었던 모양이야.”

“뭔가 평범하지 않다는 말을 들은 것 같은데.”

“뭐, 비슷한 말이지.”

으음, 칭찬받은 것 같지 않다…….

아무튼 도구와 식기가 얼추 갖춰진 것 같으니 이제 이것들을 연마해서 쓸 수 있게 만들기만 하면 되겠다.

그러고 나면 피자 화덕을 제작하여 마침내 피자 만들기에 돌입이다.

성공할지 실패할지 모르겠지만, 이왕 하는 거 맛있는 피자를 만들고 싶다.

그리고 나를 도와준 이 세계의 모두가 기뻐했으면 좋겠다.

제13화 함께 나누는 기쁨

피자 화덕 제작은 비교적 간소했다.

내가 어렴풋이 기억하는 지식에 화덕이 성립되는 최소한의 요소를 더한 결과, 한 변이 2미터쯤 되는 직사각형 피자 화덕이 우리 집 옆에 완성됐다.

물론 만드는 데 고생했다.

밀리아와 함께 벽돌과 1미터쯤 되는 크기의 석판을 옮겨 조립했다.

벽돌을 규칙적으로 쌓고 거기에 석판을 끼운 간이 화덕이었지만, 피자 화덕이라는 미지의 조리 기구 제작에 매우 흥분한 밀리아 덕분에 작업은 맹렬한 속도로 진행되었다.

그래도 치수가 어긋나지 않도록 조정하며 만드느라 그날은 거의 온종일 피자 화덕 제작에 몰두했다고 말해도 좋았다.

"뭔가 밖에서 요리하자니 설렌다."

"공감해."

불이 들어간 피자 화덕을 보며 그렇게 중얼거린 노아의 말에 반사적으로 동의하고 말았다.

현재 이 자리에는 나, 리온, 노아, 밀리아, 그리고 후우로가 있었다.

나와 노아는 채소를 썰고, 리온은 빵 반죽을 만들고, 밀리아가 화덕의 화력을 조절하며 각자 맡은 장소에서 피자 만들기에 착수했다.

"그런데 용케 석판을 찾았네."

"우리 집에서 가져왔어."

"어? 그랬어?"

"응. 지금 사는 집을 지을 때 준비했다가 남은 바닥용 돌이라나 봐. 무겁고 커다래서 처분하기 곤란했는데 하루마가 써 줘서 다행이야."

그랬구나. 저 석판은 바닥용 돌이었어. 뭐, 열은 통할 테니까 피자 화덕으로서의 역할은 제대로 소화할 것 같다.

피자 화덕은 2단 구조로 하단이 불을 지피는 곳이고, 가운데 석판을 두고 상단에 피자를 넣어 굽는다.

공기가 빠져나갈 곳도 만들어서 구조적으로는 괜찮을 테지만 불안하기는 했다.

"밀리아가 제작을 도와줬으니 괜찮으려나."

"밀리아 씨는 뭔가 만드는 걸 좋아하는 걸까?"

노아의 시선이 피자 화덕 앞에서 불을 보고 있는 밀리아에게 향했다.

밀리아는 때때로 장작을 더하며 주의 깊게 화덕을 지켜보고 있었다.

"아아, 노아는 모르는구나. 밀리아는 물건 제작이 특기야. 봐, 밀리아가 사는 곳도 많이 개축됐잖아?"

"아, 정말이네."

내가 가리킨 곳에는 목제 테이블, 의자, 비오이 재배에 쓰고 남은 그물로 만든 해먹, 그리고 더 커진 텐트 등 맨 처음 왔을 때보다도 확연하게 업그레이드된 주거가 있었다.

"참고로 지금 쓰고 있는 테이블도 밀리아가 만들었어."

"기사의 일이란 뭘까 하는 생각이 드네."

밀리아도 노아에게만큼은 그런 말 듣고 싶지 않을 것이다.

내가 보기에는 둘 다 비슷한 수준으로 입장과 특기가 맞지 않았다.

그런 대화를 나누고 있으니 근처 테이블에 있는 리온이 말했다.

"하루마, 빵 반죽 준비가 끝났어."

"그래. 노아, 미안하지만 뒷일은 부탁해."

"응, 맡겨 줘."

나는 잘게 썬 비토마토와 얇게 썬 비토마토를 우묵한 그릇에 따로따로 담아서 리온에게 가져갔다.

리온이 작업하던 테이블 위에는 동그란 빵 반죽이 여러 개 놓여 있었다.

"리온, 먼저 말해 두겠는데, 내가 살던 세계의 피자를 완전히 재현할 수는 없어."

"그래?"

"응. 애초에 피자 반죽과 빵 반죽은 다르다고 하니까. 강력분이니 박력분이니, 아니, 나도 잘은 모르지만……."

요리를 별로 즐기지 않기에 그 부분은 정말로 대충 알았다.

"그럼 못 만들어?"

"아니, 완전 재현은 무리여도 그럴듯한 건 만들 수 있으니까 걱정하지 마."

굳이 말하자면 「빵 반죽 피자」일까.

아무튼 만들지 못하는 것은 아니니 바로 빵 반죽을 다듬자.

나는 어제 밀리아와 함께 만든 밀대를 꺼내 반죽을 살짝 두툼한 원형이 되도록 밀었다.

"그럼 토핑을 올리자."

"응. 치즈도 잘라 뒀고 햄도 있어."

"좋아. 우선 잘게 썬 비토마토를 맨 먼저 올려 줘. 되도록 많이."

"알겠어."

신나 보이는 리온이 잘게 썬 비토마토를 나무 숟가락으로 퍼서 반죽 위에 올렸다.

이런 건 조금 과한 정도가 딱 좋지. 굽는 동안 수분이 날아가니까.

"그럼 다음은 햄을 균등하게 늘어놓고, 그 후에 얇게 썬 비토마토를 똑같이 올려."

"벌써 맛있을 것 같아."

"아니, 아직 안 구웠으니까 먹으면 안 돼."

가볍게 태클을 걸며 리온이 조리하는 모습을 지켜보았다.

나는 최대한 개입하지 않았다. 리온이 스스로 생각하며 만드는 편이 좋으므로……는 농담이고, 나는 이런 꼼꼼한 작업을 하다 보면 도중부터 대충 해 버린다는 한심한 이유로 리온에게 맡겼다.

"다 됐어."

“그럼 마지막으로 치즈를 올리면 사전 준비는 끝이야.”

“이제 먹을 수 있어?”

“우리는 대체 뭐에 쓰려고 피자 화덕을 준비했을까?”

“……. 그래, 농담이야.”

방금 그 침묵은 뭘까.

농담인지 진담인지 알 수 없는 리온의 말에 고개를 갸우뚱하며 밀리아에게 화덕 상태를 물었다.

“밀리아~ 불은 괜찮아?”

“아마도 괜찮을 거야. 상단에 열기가 고여 있으니까.”

그럼 슬슬 구워 볼까.

큼직한 나무 주걱에 빵 반죽을 올리고 피자 화덕으로 이동했다.

오븐과 유사해서 근처로 가니 상당한 열기가 느껴졌다.

이마에 땀이 맺히는 것을 느끼며 상단에 피자를 넣었다.

“이제 구워지길 기다리기만 하면 되나…….”

문제는 이 안의 온도가 어느 정도인지 몰라서 이대로 얼마나 구워졌는지 눈으로 확인해야 한다는 점이었다.

하지만 피자 화덕 주위는 화끈화끈했다.

그런데도—.

“다들 궁금한 건 알겠는데 화덕에서 떨어져. 위험하니까.”

어째서 이 세 사람은 구워지는 피자를 잡아먹을 듯이 보고 있는 걸까.

“하지만 신경 쓰이고…….”

"맛있어 보이고……."

"불을 지켜야……."

"노아, 리온. 이곳은 나한테 맡기고 다음 피자 반죽을 만들어 줄래? 밀리아는 줄곧 불 앞에 있어서 힘들 테니까 두 사람을 도와줘."

뭐지. 오랜만에 연장자로서 주의를 준 기분이다.

밀리아와 교대하듯 화덕 앞에 선 나는 피자가 구워지길 기다리며 피자 장인의 고충을 새삼 실감했다.

뜨겁다.

그저 뜨겁다.

몇 분 지났는지 모르겠지만, 체감상으로는 아주 긴 시간동안 자리를 지키고 있었던 것 같다.

하지만 이렇게 뜨거운데도 좌절하지 않는 것은 화덕 속에서 구워지는 피자가 향긋한 냄새를 풍기고 있기 때문이리라.

"하루마~ 채소도 다 올렸고 다음 피자 반죽도 만들었어."

"알겠어. 이쪽도 다 구워지는 대로 가져갈…… 오!"

피자 표면이 노릇노릇해지기 시작했다.

좋아, 적기네.

큰 나무 접시를 준비하고, 신중하면서도 조심스럽게 나무 주걱을 피자 아래로 집어넣어 화덕에서 꺼냈다. 살짝 장인이 된 듯한 기분을 느끼면서도 까불지 않고 천천히 접시에 피자를 올렸다.

"오오……!"

생김새는 완전히 피자였다.

토마토의 빨간색과 치즈의 흰색이라는 한눈에 알 수 있는 투톤 컬러와 식욕을 자극하는 향기.

반죽은 본래 피자에 쓰는 반죽이 아니지만 그건 문제없을 것이다. 조금 얇은 피자빵 같은 것이다.

"대박."

어휘력을 상실할 만큼 나는 감동했다.

설마 이 세계에서 이 정도 피자를 만들 수 있을 줄은 몰랐기 때문이다.

만감에 전율하며 피자가 담긴 접시를 모두에게 들고 갔다.

"다 됐어!"

접시를 둔 테이블로 세 사람이 다가와 각기 다른 반응을 보였다.

"……꿀꺽."

"흐응~ 색깔도 예쁘고 향기도 좋네."

"호오, 이게 하루마가 살던 세계의 요리인가."

리온은 말없이 침을 삼켰고, 노아와 밀리아는 솔직하게 감동했다.

반응은 괜찮은걸?

"먹기 전에 아까 만든 다른 반죽을 화덕에 구워 두자."

"그러자. 아, 나랑 리온이 살짝 어레인지해 봤는데 괜찮을까?"

"어레인지?"

새로 준비된 반죽을 보니 비토마토, 치즈, 햄 외에 제법 두툼하게 썰린 오이가 예쁘게 토핑되어 있었다.

"비오이를 올렸구나. 괜찮을 것 같아."

주키니 호박 같고, 개인적으로는 전혀 문제없었다.

이걸 먹는 것도 기대된다.

아무튼 세 사람에게 테이블 준비를 맡기고서 나는 비오이가 들어간 피자를 화덕에 넣고 장작을 지폈다.

이마에 맺힌 땀을 닦고 세 사람 곁으로 돌아가니 테이블 위에 비토마토와 비오이 샐러드, 아까 완성된 피자, 그리고 길쭉하게 자른 비오이 스틱이 차려져 있었다.

"그냥 서서 먹는 거지?"

"그래."

"하루마. 여기, 마실 거."

"고마워, 밀리아."

동결마법으로 차갑게 했는지 기분 좋은 시원함이 손바닥으로 전해졌다.

"그럼 식기 전에 먹을까. 리온도 한계인 것 같으니."

"배고파."

리온의 모습에 쓰게 웃으며 우리는 테이블을 에워쌌다.

그러자 노아가 말했다.

"하루마, 건배사를 부탁해."

"그래, 맡겨 둬."

이럴 때는 멋있게 해야지.

고개를 끄덕인 나는 컵을 들었다.

"비채소를 무사히 수확할 수 있었던 건 나 혼자만의 힘이 아니야. 모두의 힘이—."

"하루마, 길어."

"다들 고생했어! 건배~!!"

공복이 한계에 가까운 리온의 압력에 진 나는 서두를 날리고 건배로 넘어갔다.

""""건배!""""

그렇게 잔을 부딪치고서 내가 맨 먼저 집은 것은 길게 반으로 잘린 비오이였다.

샐러드는 이미 있지만, 그저 반으로 잘랐을 뿐인 비오이가 그대로 나올 줄은 몰랐다.

"리온, 이건……."

"어설프게 조리하기보다 그게 더 맛있을 것 같아서."

그렇군. 일리 있다.

"그럼 잘 먹겠습니다."

집어 든 비오이를 베어 물자 청량한 아삭 소리가 났다.

그와 동시에 내 뇌는 오이의 단맛과 아삭아삭 씹히는 쾌락에 지배되었다.

이거 뭐야. 계속 씹을 수 있겠어!

오히려 뇌가 삼키기를 거부할 정도로 중독성 있는 식감이었다.

무의식중에 계속 먹었는지 이미 비오이는 손에 없었다.

자연스럽게 다음 비오이로 손이 가려고 했지만 그걸 이성으로 막았다.

"안 되겠어. 이거 중독되는 맛이야."

자칫 잘못하면 이것만 먹어서 배를 채우게 될지도 모른다.

테이블을 둘러싼 이들을 슬쩍 보니…….

""""…….""""

다들 나와 마찬가지로 말없이 비오이를 먹고 있었다.

무섭도다, 비채소의 감칠맛.

"최, 최소한 메인인 피자만큼은 먹어 둬야 해……!"

8등분으로 자른 피자는 아직 아무도 손대지 않은 듯했다.

좋아, 따끈따끈할 때 먹어 버리자.

토핑이 떨어지지 않게 포크를 써서 작은 접시로 옮긴 뒤 손으로 들었다.

보면 볼수록 내가 아는 피자와 거의 똑같았다.

문제는 맛이지만, 이에 관해서는 걱정하지 않아도 될 것이다.

내가 리온은 아니지만, 냄새만 맡아도 맛있겠다는 걸 알 수 있었다.

"……좋아."

살짝 망설이면서 입을 크게 벌리고 먹었다.

"——."

그 순간, 입 안에 충격이 퍼졌다.

아니, 너무 맛있어서 충격이 강타했다고 뇌가 착각하고 말았다.

비토마토, 치즈, 햄, 두툼한 빵 반죽, 모든 것이 완전히 조화되어 하나의 맛으로서 내 입 안을 휘돌았다.

비토마토와 치즈를 듬뿍 쓴 피자는 상상을 초월할 만큼 피자였다.

나도 내가 무슨 말을 하는지 모르겠다.

하지만 그런 건 어찌 되든 좋을 정도로 내 미각 신경은 행복의 절정에 있었다.

허공을 바라보며 감동을 음미하고 있으니 노아가 말했다.

“아, 하루마. 피자는 어때?”

“……어? 아아, 응…… 아아, 그래. 응…… 그래…….”

“사고가 루프하고 있어?! 그, 그렇게 맛있어……?”

관심이 생긴 다른 사람들도 각자 피자를 베어 물었다.

이번에 이 비채소를 고르길 진짜 잘했다.

이런 맛있는 음식을 먹게 된 것도 그렇지만, 이렇게 자신들이 만든 것을 요리를 통해 공감할 수 있는 것이 무엇보다도 기쁘게 여겨졌다.

제14화 밀리아의 각오와 진심

다 같이 피자를 먹은 날로부터 며칠이 지났다.

나와 밀리아는 왕국에 보낼 비채소를 수확하고 있었다.

"하루마, 비수박 가지에 감긴 넝쿨이 시들기 시작했어."

"오, 그럼 비수박도 슬슬 수확할 때네."

비수박도 쑥쑥 커서 볼링공만 한 크기로 성장해 있었다.

시험 삼아 수박을 두드려 보니 안에 울리는 듯한 소리가 났다.

"안쪽도 꽉 찼어. 그럼 시작할까."

"그래."

수박을 수확하는 방법은 그렇게 어렵지 않았다. 덩굴을 자른 후 떨어뜨리지 않게 조심하며 옮기면 끝이었다.

수박 자체는 꽤 무거워서 무리할 수 없지만, 힘이 장사인 밀리아가 있으니까 그건 걱정하지 않아도 될 것이다.

둘이서 묵묵히 비수박을 수확한 후 휴식하며 잡담을 나눴다.

"왕국에 보내는 건 이 정도면 충분하겠지."

"꽤 많은 양을 보내는군."

"뭐, 이쪽도 되도록 좋은 인상을 주고 싶으니까. 나는 몰라도 리온과 노아에게 폐를 끼칠 수는 없어."

나도 왕국은 무시할 수 없다.

왕국에서 파견한 밀리아가 호위해 주고 있어서 지금은 안심이 되지만, 그것이 중단되기라도 하면 비채소를 노린 귀찮은 일에 휘말릴 가능성도 있다.

그것이 염려되어 가능한 한 우호적으로 대하고 있었다.

"하루마."

"응?"

"나는 아마 호위 임무에서 제외될 거야."

느닷없는 밀리아의 발언에 일순 무슨 말을 들었는지 이해할 수 없었다.

호위 임무에서 제외되다니, 너무 갑작스러웠다.

"무, 무슨 말이야?"

"여기에서 일어났던 일을 보고서로 정리하여 얼마 전에 대장님께 보냈어."

"일어났던 일……?"

"물론 내가 써니래빗에게 당한 일도 포함해서."

어째서 그것까지 전할 필요가 있었을까.

역시 밀리아는 왕국에 돌아가고 싶었던 걸까?

그렇게 물어보자 밀리아는 천천히 고개를 가로저었다.

"아니야. 비채소 재배는 정말로…… 정말로 즐거웠어."

"그럼 왜……."

"그렇기에 나 같은 어중간한 기사가 아니라, 어떤 상황에서도 냉정함을 유지할 수 있는 자에게 호위를 맡겨야 한다고 생각했어."

“그건 틀렸어!”

「어중간한 기사」라는 말을 나는 즉각 부정했다.

“너는 충분히…… 아니, 나 같은 놈에게는 과분할 정도로 힘이 되어 줬어.”

“그렇게 말해 주는 건 기쁘지만, 생각해 보면 처음 왔을 때 내 태도는 진짜 심했어. 어린아이 같은 이유로 비채소를 피하고, 호위 대상일 터인 너를 노려보고……. 그건 예의와 규율을 중시해야 할 기사로서 최악인 짓이었어.”

“그건 듣기 전까지 나도 눈치채지 못했으니까 괜찮아.”

“그건 역시 너무 둔감한 것 아닌가?”

윽, 확실히 부정할 수 없다.

하지만 그것과 이건 별개의 이야기다.

“이제 뒤집을 수 없어?”

“이미 대장님이 보고서를 보셨을 테니까.”

“왜 나한테 상담 안 했어……”

“분명 말릴 거라고 생각했기 때문이야.”

그렇게 밀리아가 단언하자 아무 말도 할 수 없었다.

내가 그러든 말든 밀리아는 계속 말했다.

“내가 그 특수한 써니래빗 때문에 쓴맛을 봤다는 걸 알면 녀석들이 얼마나 무서운지 신빙성도 더해지겠지. 그러면 나보다 우수한 호위도 파견해 줄 거야.”

“……너는, 어떻게 돼?”

"걱정하지 마. 부대 사람들에게 한동안 놀림이나 당하겠지."

그게 거짓말이라는 것은 나도 알 수 있었다.

이대로 있으면 밀리아의 기사 인생에 지울 수 없는 오점이 남을지도 모른다.

하지만 그걸 추궁하기 전에 나는 밀리아에게 물어야 할 것이 있었다.

"……진심을."

"뭐?"

"네 진심을 들려줘."

"……."

내 말에 밀리아는 입을 다물었다.

잠시 침묵한 후, 밀리아는 토해 내듯 말했다.

"사실은 좀 더 여기서 너를 호위하고 싶었어. 하지만 비채소를 먹은 순간, 바로 이해했어. 너는 이 세계가 절대 잃어서는 안 되는 사람이야."

"내가……?"

"비채소와 관련된 사태가 크게 움직이게 되면 그만큼 네가 위험해질 가능성도 커져. 그때 왕국 측이 충분히 대응하지 않은 상태라면 비채소도…… 너도 잃게 돼. 그렇게 만들지 않으려고 나는 행동에 나선 거야."

비채소 재배를 접하고 실제로 먹은 밀리아이기에 나와 비채소가 얼마나 가치 있는지 이해한 건가.

이런 상황에서 뭐라고 말해야 하는 거지…….

아무 말도 못 하고 있으니 밀리아가 주머니에서 봉투를 꺼냈다.

"실은 대장님이 내게 보낸 답장이 이미 와 있어."

"뭐, 뭐라고 적혀 있었어?!"

"부끄럽지만 혼자 볼 용기가 안 나서 열지 못했어. 하지만 너와 이야기하고 결심이 섰어."

밀리아는 조심히 봉투를 열고 반으로 접힌 편지지를 꺼냈다.

"보고서 20장을 꽉꽉 채워 적었으니 호위 해임은 피할 수 없겠지."

"뭐 그렇게 많이 썼어……?"

"상세히 전했으니까. 자, 대장님은 뭐라고 말씀하셨을지……."

그렇게 중얼거리며 편지지를 펼친 순간, 밀리아의 표정이 굳었다.

새파래진 얼굴로 어쩔 줄을 모르는 밀리아가 이상해서 예의가 아니지만 편지지를 들여다보니 거기에는—.

『몰라. 네 마음대로 해.』

라고, 이 세계에서 글자를 배우기 시작한 나도 알 수 있을 만큼 짧은 한 문장이 적혀 있었다.

설마설마했던 한 줄.

보고서 20장을 보냈는데 고작 열 글자 정도가 돌아올 줄은 밀리아도 생각지 못했을 것이다.

"하루마……."

"아…… 네."

"이럴 때는 어떤 표정을 지으면 좋을까……."

일단 대장의 명령으로 밀리아가 해임되는 일은 없을 듯했다.

하지만 이것은 밀리아 자신이 호위를 계속할지 말지 선택할 수 있음을 의미했다.

밀리아는 그 자리에서 답을 내지 않았다.

***

"하루마, 이쪽이야."

"아, 아직 멀었어……?"

왕국에 비채소를 보낸 후, 나와 밀리아는 숲속에 발을 들였다.

거대 물고기가 있는 호수로 데려다주겠다는 약속을 밀리아가 기억하고 있었기 때문이다.

비채소는 씨앗을 만들기 위한 것 외에 대부분 수확해 버렸기에 써니래빗이 습격해 오지는 않겠지만, 그래도 불안해서 노아와 리온에게 오늘만 밭을 봐 달라고 부탁했다.

가벼운 마음으로 가방을 준비하고 밀리아와 함께 숲속에 들어왔지만…….

"서, 설마 이런 급경사를 걸을 줄이야……."

숲속에 들어오고 30분쯤 걸었을까.

처음에는 숲의 경치를 즐기며 걸었지만, 언제부터인가 경사가 심하거나 울퉁불퉁한 길을 걷게 되어 경치를 즐길 새가 없게 되었다.

익숙한 밀리아는 가볍게 휘적휘적 전진했으나 아마 그것도 내 보폭에 맞춰 준 것이리라.

솔직히 농사지으며 체력이 붙었다고 생각했는데 틀린 생각이었다.

"돌아가는 길은 괜찮은 거야?"

"그건 걱정 안 해도 돼. 써니래빗을 쫓아다니면서 이곳 풍경은 확실하게 기억했으니까. 길을 헤맬 일은 없겠지. 그보다도……."

밀리아의 시선이 내가 든 가방으로 향했다.

"그게 꼭 필요했나?"

"아~ 꼭 필요한 건 아니지만…… 그래도 가져오는 편이 좋을 것 같아서."

"……?"

고개를 갸우뚱하는 밀리아에게 웃음으로 대답했다.

"……뭐, 좋아. 곧 도착해."

목적지가 보이기 시작해서 그런지 무겁게 느껴졌던 다리가 가벼워졌다.

한동안 나아가자 물이 쏟아지는 소리가 들렸고, 우거진 나무 너머로 탁 트인 장소가 보였다.

안달 내지 않고 확실한 발걸음으로 나아가자 시선을 빼앗는 광경이 펼쳐졌다.

"우오오……!"

맑은 호수 표면에 떨어지는 폭포.

그러면서 생기는 물보라가 햇빛을 반사하여 예쁜 무지개를 만들었다.

내가 절경을 넋 놓고 바라보자 밀리아는 만족스럽게 미소 지었다.

"혼자서 독점하기에는 아깝다고 했잖아."

"굉장하다……. 정말로 그것 말고는 할 말을 못 찾겠어."

오히려 어설픈 말로 꾸미면 매력을 해칠 것 같다는 생각이 들 정도였다.

"그나저나 여기를 어떻게 찾았어?"

"숲에서 강을 발견했거든. 식량을 찾기 위해 상류로 향하니 여기에 도착했어."

그랬구나. 근데 정말로 굉장한 경치다.

"하루마. 일단 쉴까."

"그, 그래."

감동해서 잊어버렸지만 꽤 지친 상태였다.

호수 주변에는 돌이 많아서 앉을 곳이 부족하진 않았다.

적당한 곳에 앉은 우리는 한동안 물소리를 내며 떨어지는 폭포를 바라보았다.

"……최근 며칠간 생각했어."

"응?"

"내가 여기 있어도 될까. 나 같은 것보다 우수한 호위가 있지 않을까."

"……."

밀리아의 말에 조용히 귀를 기울였다.

"대장님의 편지를 보고 통감했어. 나는 내 의지로 너희와 헤어지는 게 싫었던 거야. 그래서 대장님께 판단을 맡겨 버렸어."

밀리아는 우리와의 이별을 바라지 않았다.

하지만 다른 사람이 해임시키면 서로 상처 받지 않고 끝난다. 그렇게 생각했을 것이다.

"……나는 앞으로도 너를 호위하고 싶어. 지금까지 보았던 풍경과는 다른 너희의 일상을 지키고 싶어. 그렇게 생각했어."

거기까지 말하고 밀리아는 마침내 나를 보았다.

불안과 결의가 느껴지는 눈이었다.

"하루마. 나는 아직…… 너의 호위로 있어도 될까?"

그런 건 물어볼 필요도 없었다.

내 대답은 이미 처음부터 정해져 있었으니까.

"물론이지. 앞으로도 잘 부탁해, 밀리아."

"……그래! 앞으로도 잘 부탁한다, 하루마!"

밀리아의 웃는 얼굴을 보니 진정한 의미에서 그녀와 동료가 됐다는 생각이 들었다.

걱정하지 않아도 밀리아는 괜찮을 것이다.

밀리아는 자신의 의지로 자신이 하고 싶은 일을 선택했으니까.

자, 밀리아가 정식 호위가 되었으니 축하할 겸 가방에서 그걸 꺼내자.

"이거 가져오길 잘했네."

"그건……?"

내가 꺼낸 것은 삐뚤삐뚤한 초록색과 검은색 줄무늬가 특징인 채소, 비수박이었다.

"후후후, 보관 중인 것 중에서 딱 하나 챙겨서 가져왔지."

"몰래 먹으면 리온과 노아 씨가 화내지 않을까?"

"그건 걱정하지 않아도 돼! 왜냐하면 오늘 두 사람에게도 비수박을 주고 왔으니까!"

아무리 그래도 두 번이나 몰래 먹을 생각은 없었다.

밭을 지키는 두 사람에게도 확실하게 비수박을 주고 왔다.

"그러니까 걱정할 필요 없어. 거리낌 없이 먹자."

"정말이지 너란 녀석은……."

같이 가져온 칼로 수박을 잘랐다. 몇 번 칼질하여 반달 모양으로 자른 비수박을 밀리아에게 내밀었다.

"고맙다, 하루마."

"이런 절경을 보여 줬잖아. 고맙다고 말할 사람은 나야."

"그게 아니라…… 아니, 지금은 이걸로 됐나. 응, 그렇지."

"……?"

"신경 쓰지 마."

그렇게 말하고 밀리아는 비수박을 먹었다.

조금 의문스럽게 여기며 나도 베어 물었다.

입 안에 퍼지는 단맛에 나도 모르게 얼굴이 풀어지려는 것을 느끼며 폭포 소리가 울리는 호수 쪽으로 눈을 돌렸다.

그 순간, 호수의 수면이 솟구치며 뭔가가 공중으로 날아올랐다.
“어?!”
3미터 이상은 될 듯한 거대한 물고기가 예쁜 아치를 그리고 다시 물속으로 들어갔다.
그런 비현실적인 광경을 코앞에서 본 내게 밀리아는 감탄하며 말했다.
“역시 커.”
“미, 밀리아……. 저게 이 호수의 터줏대감이야?”
“그래. 놀랐지? 나도 물속에서 저것과 조우했을 때는 꽤 놀랐어.”
“나라면 죽음을 각오했을 거야…….”
물속에서 저런 거대 생물과 맞닥뜨리면 무서워서 움직이지 못할 것 같다.
밀리아의 이야기를 듣고 꽤 크겠다고 예상은 했었지만, 설마 B급 영화에 등장할 듯한 거대한 사이즈일 줄은 몰랐다.
“내가 살던 세계에서는 잉어가 폭포를 올라 용이 된다는 미신이 있었는데……. 저 크기라면 용이 안 되더라도 굉장할 것 같아.”
“사람의 손길이 전혀 닿지 않은 환경이라서 그렇기도 하겠지. 천적다운 천적도 없으니 쑥쑥 성장하여 지금의 크기가 됐을지도 몰라.”
수면 가까이에서 헤엄치는 거대한 물고기를 보고 밀리아가 그렇게 고찰했다.
여전히 충격에서 헤어나지 못하면서도 나는 들고 있는 비수박을 떠올리고 입에 가져갔다.

"정말로 이세계는 뭐든 가능하구나……."

마법과 마물, 그리고 거대 생물.

원래 살던 세계에서는 공상이라고 생각했던 것이 이곳에는 있었다.

에필로그

두 번째 비채소 재배도 무사히 수확까지 이루어 냈다.

비토마토, 비오이, 비수박.

전부 원래 살던 세계의 채소와 재배법이 비슷했기에 수확할 수 있었던 것이라고 해도 과언은 아니었다.

하지만 반성할 점이 없지는 않았다.

오히려 반성할 부분이 너무 많았다.

비양배추를 키우고 나서 한꺼번에 세 종류나 재배한 탓에 작업하며 당황스러울 때가 있었다.

그리고 단순히 내 지식이 부족했다.

만약 노아가 없었다면 세 가지 중에 하나는 망쳤을지도 모른다.

마지막으로 써니래빗 대책.

필요 이상으로 써니래빗을 커다란 존재로 의식한 탓에 제대로 대책을 세우지 못했다. 밀리아가 없었다면 확실하게 써니래빗이 밭을 유린했을 것이다.

내게도 몇 가지 반성할 점이 있지만, 어쨌든 눈앞의 문제는 이 정도겠지.

"어라, 후우로. 너 조금 커진 것 같은데?"

"멍?"

밭의 흙을 갈아엎다가 후우로의 체격이 변했음을 알아차렸다.

얼마 전까지 강아지 크기였는데 지금은 한층 컸다.

확실히 개는 성장이 빠르지만, 설마 마물인 후우로도 거기에 해당할 줄은 몰랐다.

파트너의 성장이 기뻐서 작은 머리를 쓰다듬었다.

"너도 성장하고 있구나."

"멍!"

"이대로 커지면 써니래빗도 겁먹고 도망칠 만큼 강해질 수 있을 거야."

이 녀석이 어른이 되어 지금보다 더 믿음직한 모습을 보여 줄 때가 기대된다.

"하루마~ 이쪽은 이제 수확해도 돼~?"

"해도 돼!"

"네~! 그럼 리온, 밀리아 씨. 각자 분담해서 작업하자."

"응."

"알겠습니다."

비채소 세 종류를 키우던 밭에서 노아가 밭일을 도와주고 있었다.

밀리아도 뭔가 떨쳐 낸 느낌이었다.

이대로 호위를 계속하겠다는 취지를 왕국에 보냈다는 모양이고, 괜찮겠지.

한시름 놓고 다시 밭일을 하려는데 조금 전까지 사이좋게 작업하던 세 사람이 파래진 얼굴로 이쪽을 보고 있었다.

"하, 하하하, 하루마!"

"뒤! 뒤를 봐!"

"……! ……!"

"어?"

뭐지?

노아는 엄청나게 당황했고, 밀리아는 처음 듣는 목소리로 외쳤고, 리온은 말조차 못 했다.

이건 그건가? 전원 집합 같은 제스처?

이런 건 군이 돌아보지 않는 게 좋지만—.

『—삐이.』

"……?!"

바로 뒤에서 뭔가의 울음소리가 들렸다.

황급히 돌아봤지만 거기에는 아무것도 없었다.

"기분 탓……이 아니지?"

"끼잉."

후우로도 눈치채지 못했던 것 같지만, 확실히 뒤에서 울음소리가 들렸었다.

상당히 가까웠었고, 어쩌면 마물이나 동물에게 습격당할 뻔한 걸지도 모른다.

그런 생각에 두려워하면서도 후우로와 함께 주위를 둘러보니 울음소리가 들렸던 방향에 발자국 같은 것이 있었다.

"이게 뭐야?"

크기와 형태를 볼 때 인간이나 써니래빗은 아니었다.

오히려 이건 사슴 같은 동물의—.

"멍!"

"후우로, 숲속에 있는 거야?"

후우로가 짖는 곳을 보니 숲 안쪽으로 들어가는 커다란 사슴의 모습이 멀찍이 보였다.

대형 사슴은 갑자기 멈춰 서서 이쪽을 한 번 돌아보았다.

"……?!"

이 거리에서도 알 수 있을 만큼 맑고 짙은 초록색 눈.

눈부시게 빛나는 갈래갈래 나뉜 뿔.

그리고 자연과 일체화된 듯한 초록색 체모.

단순한 대형 사슴이라고 생각할 수 없는 환상적인 모습을 보고 내 입은 자연스럽게 그 이름을 중얼거렸다.

"포레스트, 혼……?"

리온이 어릴 적에 만났다고 했던, 사람 앞에 좀처럼 모습을 드러내지 않는다는 마물.

그것이 지금 내 눈앞에 있었다.

『삐이—!』

내 중얼거림에 대답하듯 크게 운 대형 사슴은 그대로 깊은 숲속으로 사라져 버렸다.

전설이라고 불리는 존재가 내 바로 뒤에 있었다.

심지어 밭에 들어와 내게 말을 걸었다.

생각지도 못한 사태에 뇌가 상황을 처리하지 못했다.

놀라서 움직이지 못하는 내 곁으로 흥분한 기색인 노아와 밀리아가 왔다.

"하, 하루마! 저거 그거지?! 그거 맞지?!"

"신성한 존재라고 불리는 포레스트 혼이 이렇게나 사람에게 다가오다니 믿을 수 없어!"

"이, 일단 진정해."

""이걸 어떻게 진정해!!""

그렇겠죠.

내가 가장 진정하지 못했는걸.

여전히 심장이 쿵쾅거렸다.

어쨌든 뒤이어 온 리온에게 말했다.

"인생은 무슨 일이 일어날지 모른다는 게 진짜네."

그렇게 말하자 리온은 웃으며 고개를 끄덕였다.

풍작을 관장한다는 전설의 존재, 포레스트 혼이 밭에 들어왔다.

앞으로 비채소 재배가 순조로울 거라는 길조인지, 아니면 포레스트 혼이 찾아온 밭이라는 사실 때문에 귀찮은 일이 벌어지게 될지 그건 모르겠다.

"하지만 포레스트 혼이 보증했다는 거지."

그저 미신일지도 모르지만, 그래도 전설의 존재가 이 밭에 왔다.

"……오늘까지 이런저런 일이 있었어."

이 세계에 오기 전에 나는 남들과 조금 다른 체질을 지닌 샐러리맨이었다.

감정이 격해지면 비를 내리는 「비의 남자」 체질과 타협하며 변함없는 일상을 보냈었다.

하지만 이 세계에 온 뒤로 그런 변함없던 일상은 크게 움직이기 시작했다.

마음씨 착한 사람들과 만나고 나는 이 세계에서 새로운 인생을 시작할 수 있었다.

그리고 이 세계에서 재배하게 된 『비채소』.

어릴 때는 진저리를 쳤던 농사를 지으며 부모님이 얼마나 대단한지 재확인함과 동시에 일과 마주하는 기쁨을 이해했다.

"하지만 여기서 만족하고 있을 수는 없어……."

비양배추, 비토마토, 비오이, 비수박 재배에 성공했다지만, 그건 방대한 종류가 존재하는 비채소의 일부에 불과하다.

앞으로 키울 비채소 중에는 나 혼자서는 키우기 어려운 것도 있을지 모른다.

하지만 그럴 때는 혼자서 끙끙대지 않고 주변에 도움을 구할 생각이다.

"하루마, 왜 그래?"

"아니, 아무것도 아니야."

생각에 잠긴 나를 알아차린 리온의 질문에 천천히 고개를 흔들었다.

내게는 아직 도전해야 할 벽이 많이 있다.

“얘들아.”

그렇게 중얼거린 내게 시선이 보였다.

혼자 가기에는 험난한 길도 누군가와 손을 잡고 협력하면 극복할 수 있다.

적어도 나는 비채소 재배를 통해 그렇게 믿게 되었다.

그러니 다시금 말하자.

“앞으로도 잘 부탁해.”

그렇게 말한 나는 구름 한 점 없는 맑은 하늘을 올려다보았다.

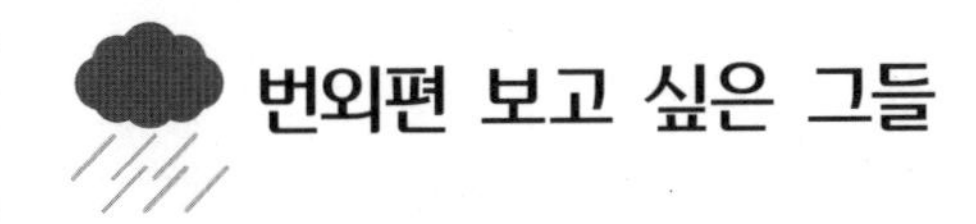

번외편 보고 싶은 그들

오늘 나는 하루마 군과 리온 몰래 랑그롱 군의 저택을 찾았다.

평소 같았으면 만나자마자 인사 대신 욕을 했겠지만 오늘만큼은 달랐다.

집사 제스 군이 홍차를 따르는 소리가 유독 크게 울리는 응접실에서 나는 심각한 표정을 지었다.

“랑그롱 군, 이건 중대한 사태야.”

“마음에 안 들지만 같은 의견이야.”

““나도 포레스트 혼을 보고 싶어……!!””

“하아…….”

제스 군의 작은 한숨이 들린 것 같지만 기분 탓이겠지.

어제, 집에 돌아온 하루마 군에게 이야기를 듣고 나는 깜짝 놀랐다.

“좀처럼 사람 앞에 모습을 나타내지 않는 포레스트 혼이 바로 뒤에 있었다니…… 전대미문이야. 어째서 나는 그 자리에 없었을까.”

“게다가 울음소리까지 들었다는 모양이야. 최근 수십 년간 포레스트 혼의 울음소리를 가까이서 들은 자는 없었을 터.”

원래부터 포레스트 혼은 인간 앞에 거의 모습을 나타내지 않는 존재다.

우연히 모습을 봤다는 이야기는 가끔 있지만, 스스로 사람 앞에 나오는 일은 거의 없었다.

“이봐, 영감탱이. 실제로는 어때? 포레스트 혼이 하루마 앞에 나타난 건 뭔가 이유가 있는 건가?”

“영감탱이란 말은 빼. 생각할 수 있는 이유라면, 포레스트 혼이 예전에 비채소를 먹었기 때문이거나, 아니면 그저 우연히 그곳을 지나던 거겠지.”

“우연히 지나갔다고? 그런 일이 가능해?”

“리온도 숲속에서 한 번 조우했었으니까. 그곳이 포레스트 혼이 다니는 길이라고 생각하면 가능성은 있어.”

하지만 그것도 어디까지나 가능성이다.

포레스트 혼에게는 정해진 이동 루트가 있다는 설이 있다.

그것을 믿고 포획을 시도한 자도 많았지만 모두 실패로 끝난 모양이니 신빙성이 없는 이야기였다.

“결국 알 수 없네. 내 생각에는 하루마 군이 키운 비채소에 이끌려 왔을 가능성이 유력해.”

“……그럴지도 모르지. 근데 애초에 포레스트 혼은 뭐야? 마물인가?”

“그건 여전히 알 수 없어. 현재 아는 사실은 그것이 1족 1종 유일무이한 존재로, 우리는 상상도 못 할 만큼 오래 살았다는 거야.”

생물에게도 시작이 있고 끝이 있지만, 포레스트 혼은 그것을 알 수 없었다.

몇백 년, 몇천 년간 똑같은 모습으로 대지를 달리는 규격을 벗어난 존재.

그것은 「마물」이라고 부르기보다 「현상」이라고 표현하는 편이 더 정확했다.

"대현자인 너도 이해하지 못하는 존재인가."

"나는 마물이 아니라 다른 호칭을 고안해야 한다고 생각해. 실제로 포레스트 혼 말고 마물이라고 정의해도 좋을지 알 수 없는 존재가 몇 마리 있으니까."

"확실히 그렇지."

대지를 달리는 신록의 사슴, 포레스트 혼.

대해를 헤엄치는 마음씨 착한 대형 거북이, 에코 터틀.

구름을 거느리며 하늘을 떠도는 용, 스카이 드래곤.

이 세상에는 사람이 접할 수 없는 미지의 생물이 존재했다.

비채소도 그중 하나였으나 그건 하루마 군의 존재로 해명되었다.

"그러고 보니 케빈에게 얘기했어?"

"그래. 중대한 일이니까. 일단 누설하지 말라고 입막음했지만, 예상대로 폭주해 버렸어."

"그렇겠지. 오히려 이 얘기를 듣고 녀석이 난리를 안 칠 리가 없어."

랑그롱 군은 노골적으로 싫다는 표정을 지었다.

나도 통신용 마도구에 얼굴을 들이밀고서 캐묻던 케빈을 떠올리고 떫은 얼굴이 되었다.

천성이 나쁜 인간은 아니지만, 연구에 대한 집념과 기타 등등이 너무 귀찮단 말이지…….

"어쨌든 이건 확실하게 말할 수 있네. 포레스트 혼이 하루마 군의 밭에 온 건 아주 좋은 일이야. 실제로 포레스트 혼이 들른 토지는 예년보다 많은 곡물과 채소를 수확할 수 있었다고 하니까."

"훗, 그렇다면 농부에게 이보다 기쁜 일은 없겠지."

우리답지 않게 의견이 맞아서 서로 웃었다.

나는 제스 군이 끓여 준 홍차를 마시고 작게 한숨을 쉬었다.

"나도 보고 싶어, 포레스트 혼……."

"그 말은 하지 마……."

그렇게 중얼거리고 재차 침울해진 나와 랑그롱 군은 제스 군이 말릴 때까지 한동안 계속 푸념을 늘어놓았다.

Character Design

밀리아

기후마법의 올바른 사용법 2

초판 1쇄 발행 2020년 12월 20일

지은이_ KUROKATA
일러스트_ Falmaro
옮긴이_ 송재희

발행인_ 신현호
편집부장_ 윤영천
편집진행_ 김기준 · 김승신 · 원현선 · 권세라 · 유재슬
편집디자인_ 양우연
국제업무_ 정아라 · 전은지
관리 · 영업_ 김민원 · 조은걸 · 조인희

펴낸곳_ (주)디앤씨미디어
등록_ 2002년 4월 25일 제20-260호
주소_ 서울시 구로구 디지털로 26길 111 JnK디지털타워 503호
전화_ 02-333-2513(대표)
팩시밀리_ 02-333-2514
이메일_ lnovelpiya@naver.com
L노벨 공식 카페_ http://cafe.naver.com/lnovel11

ISBN 979-11-278-5772-1 04830
ISBN 979-11-278-5648-9 (세트)

값 9,800원